ガード・スヴェン
田口俊樹［訳］

Helvete Åpent
Written by
Gard Sveen

地獄が口を開けている

上

竹書房文庫

Take Shobo

Helvete Åpent

Gard Sveen

地獄が口を開けている　上

ガード・スヴェン
田口俊樹［訳］

竹書房文庫

CONTENTS

友よ、私のことなど心配するな。
私はすでに見てしまったのだから。
地獄が口を開けているのを。

PROLOGUE
NOVEMBER 1988
プロローグ　一九八八年十一月

救世主はわれらのためにお生まれになった、とトミー・バーグマンは思った。道路脇の家に眼をやると、中央の窓の中に光が見えた。金色に光るクリスマス飾りの星がひとつ、冬の夜の暗闇を照らしていた。

その家のまえで屈み込んでいる黒い人影があった。その人影——その男——は近づいてきた車に気づいていないようだった。バーグマンの年上のパートナー——トロンへイム出身のコーレ・イエールヴァン——は車を停めて、ギアをニュートラルに入れた。男はゆっくりと顔をパトカーのほうに向け、中にいるふたりの警察官を一瞥(いちべつ)した。フロントガラスはみぞれに覆われていた。イエールヴァンはワイパーを動かした。道端に佇んでいる男は微動だにせず、降りしきるみぞれのカーテンの向こうをまっすぐに見つめていた。連れている犬も凍ったように動かず、ヘッドライトに照らされて地面に落ちるみぞれを見ていた。まるでこの世界は雪だけでできていて、そこには邪悪なものなど何ひとつないかのように。バーグマンはすぐさま市(まち)まで逃げ帰るべきだと思った。その思いはその後何年も経った今も変わらない。ぽっかりと空いたこの間隙を逃がさず、パトカーのドアを開け、男が見つめる先とは反対方向に、息が完全に切れるまで、走って逃げるべきだった。

コーレ・イエールヴァンは小声で悪態をついた。モルテンスルードゥのガソリンスタンドで待機していたら、通信司令部から無線連絡がはいり、バーグマンが間髪を入れずに応答したのだが、そのときにも彼は同じ悪態をついていた。夜間シフトが終わるまであと一時間も残っていなかった。なのに、退屈していたバーグマンは、これ以上そこで違反車が通るのを待っていたくなかったのだ。まだ二十三歳、勤務中にできるだけ経験を積みたがっていた。やる気満々だった。一方、年配のイエールヴァンは、早く妻と子供たちの待つ家に帰りたくて残り時間を数えていた。

そんな彼がシフトレヴァーに手のひらを何度か打ちつけると、そのたびに結婚指輪の鈍い金属音がした。彼は言った。

「爺さんと犬を車に乗せろ」

バーグマンがドアを開けると、道端にいた男はすぐに近寄ってきて、後部座席に乗り込んだ。

暗闇の中を数分走っただけで、家々ははるかうしろに遠ざかり、前方に真っ黒な森だけが広がった。森の中へと続いていた一本道もそのうち〝無〟に溶け込むように途切れた。バーグマンは、まるでこの世の果てにたどり着いてしまったかのような気分になった。車のヘッドライトに照らされたトウヒの幹だけが、この先にも世界が続いていることを示していた。バーグマンがうしろを向くと、びしょ濡れのラブラドールが無邪気に頭を傾げた。黒い血が鼻にこびりついていた。後部座席の男はひとことも発さず、フロントガラスの前方をただじっと見つめていた。

「こんな森の中で何をしてたんです？」とバーグマンは大した熱意もなく尋ねた。

男は答えなかった。

コーレ・イエールヴァンはバックミラーを動かすと、後部座席の男を観察しはじめた。さきほどの道沿いの家の一軒から、この男が緊急通報用電話番号にかけてきたのだ。

「言っとくが」と後部座席の男は言い、一呼吸おいて、眼を閉じてから続けた。「あれは悪魔の所業だ」

懐中電灯の中でも特に強力な〈マグライト〉の光をもってしても、彼らは暗闇に呑み込まれた。トウヒの木がこれほど密に生えていると、まばゆいばかりの夏の陽射しさえここまでは届かないだろう。イエールヴァンは慎重に一歩ずつ足を進めながら、一定の速度で森の奥へとはいっていった。通報者は犬ぞりのように犬に引っぱられ、すでにかなりまえのほうを歩いていた。バーグマンは少し遅れてあとに続いた。〈マグライト〉の網目模様の跡が手のひらにくっきりとつくほどきつく、懐中電灯を握りしめていた。ぬかるんだ地面が足の下で音をたてた。氷のように冷たい水がミリタリーブーツの中に染み込み、土から腐臭がかすかに立ち昇った。彼は歩を早めた。イエールヴァンに追いつくと、森の奥から男の声がした。

「ここだ！」男は犬が暴れないよう必死に押さえつけていた。バーグマンは最悪の状況を努めて想像しないようにした。

「ああ、神さま」とただ自分につぶやいた。「どうか力をお貸しください」

イエールヴァンと男は、トウヒの木が密集している少し先のところで立ち止まっていた。イエールヴァンがほんの一瞬〈マグライト〉の光をそらしたのがわかった。そうやって心の準備をしたのか。バーグマンは彼らより数歩うしろで歩を止めた。通報者はまえのめりになっている犬をまだ押さえていた。イエールヴァンは屈み込んで、トウヒの小枝やそのほかの枝を取り除いていた。そのあと彼は急に立ち上がり、よろよろと何歩かあとずさった。懐中電灯が地面に落ちた。バーグマンは自分の懐中電灯をさらにきつく握りしめ、ふたりのいる場所まで歩いた。

もう何日もそこに倒れていたのかもしれない。それでもすぐにわかった。懐中電灯の白い光の中でさえわかった。そこに横たわっているのが警察広報に載っている少女であることは。クリスティアンヌ・トーステンセンはテープで貼り合わせた二枚のゴミ袋の中に入れられ、枝や苔で覆われていた。袋の先端部分は犬に引きちぎられたのだろう、彼女の頭があらわになっていた。ほかの部分にも引きちぎられた跡があることから、鳥に狙われていたことも想像できた。なのに、彼女の顔はきれいなままだった。痣はあるようだが、バーグマンが想像したより状態は悪くなさそうだった。イエールヴァンはしゃがみ込むと、彼女の首に掛かっていた洗礼のしるしのネックレスに触れた。バーグマンは眼を閉じ、彼女は苦しむことなく最期を迎えたはずだと根拠もなく自分に言い聞かせた。

彼のその願いは鑑識班が現場に来て、ゴミ袋を取り除くなり消えた。

彼女の体はばらばらに切り刻まれていた。この世にあるのは邪悪さだけだ。バーグマンにはそうとしか思えなかった。

鑑識のひとりが、「トロフィー・ハンター」とぼそっと言うのが聞こえた。

彼女の左の胸から眼をそらすことができなかった。こんな残虐行為には極刑しかありえない。バーグマンは心の中で犯人に死刑宣告をした。そのあとのことは、肩にイエールルヴァンの腕がまわされたこと以外、何も覚えていない。何もかもが色をなくし、まわりのすべてが黒に染まった。

市まで帰るパトカーの中、ふたりは無言だった。イエールルヴァンは〈シェル〉のガソリンスタンドにまた立ち寄り、行きと同じ建物脇の暗がりに車を停めた。そして、無線機を取り上げ、通信司令部を呼び出した。低い声で「住所」とだけ言い、無線の相手がその意味を理解するまで待った。いつものことながら、多くの報道関係者が警察無線を盗聴している。なのにイエールルヴァンはオップサル地区の牧師の名を尋ね、その牧師に電話をかけるよう通信司令部に依頼までした。どうしてそんな真似をしたのだろう？　バーグマンは怪訝に思った。しかし、イエールルヴァンがそういうことをしてしまった以上、ハイエナのようなマスコミ連中の先陣は、もうすでに動きだしていることだろう。

メモを取っているイエールヴァンの手元に眼をやった。その手の動きは、まるで日曜日の夜、自宅でクリスマスカードでも書いているかのように安定して揺るぎなかった。バーグマンのほうは恐怖に心臓をわしづかみにされていた。二十三歳にして初めて死体を眼にしたのだ――殺された死体など言うに及ばず。おまけにこれから子供を失った親に会いにいかなければならないのだ。

「何か食べるか?」車のドアを開けながら、イエールヴァンが訊いてきた。

バーグマンはただ首を振った。

「食べなきゃ駄目だ」

彼はまた首を振った。車の中に坐りつづけ、眼を閉じたままなんとか息を整えようと努めた。

結局のところ、待降節の第一日曜日であるこの日、体の空いているオップサルの牧師は暫定牧師しかいなかった。バーグマンたちは、車を持っていないという牧師を迎えに、オスロ郊外のアービソ地区に向かった。牧師の住まいはアパートメント・ハウスの地下にあった。年齢的にはバーグマンとさほど変わらない若い牧師だった。クリスティアンヌの家族が住むゴーリア地区のスコイエンブリーネ通りに、三人で向かうあいだ、若い牧師はひっきりなしに少女の話をして、沈黙を埋めようとした。彼女がまだ生きているかのように話した――確かヴェットランズオーセン中学校でハンドボールの選手をしてるんですよね、など低い声で話した。「神を信じるのは簡単なことではありません」牧師の声がほとんど聞き取れないほど小さくなった。「こんなことが起きてしまったときには……」そのあとはもう続けられなかった。

車はスコイエンブリーネ通りに向かう通りを曲がった。永遠に目的地に着かなければいいのに。バーグマンは内心そう思った。イエールヴァンは、パトカーをトーステンセン一家が住む赤い家のまんまえに停めた。そこでいきなりバーグマンは怖くなった——少女の家族のもとを訪れるのがボルボのパトカーに乗ったこの三人だけとは。警察学校を卒業したばかりの自分と、神への信仰を後悔しているみたいな顔面蒼白の暫定牧師と、定年近いコーレ・イエールヴァンしかいないとは。若いふたりにこの老警察官しかすがる相手がいないとは。

すっかり葉の落ちてしまった生け垣に沿って玄関まで歩いた。キッチンの窓に人の顔がちらっと見えたような気がした。外の明かりがついていなければ、空き家と見まちがうような家だった。バーグマンは自分が育った家がここから一キロ半も離れていないことを思った。この眼のまえの家はまったくの別世界だった。おそらく彼には一生縁のない繁栄の王国だった。それでも、その王国は数秒後には二度ともとには戻らなくなってしまう世界でもあった。ドアの呼び鈴を押した瞬間に崩壊してしまう世界だった。

玄関のまえで待っているあいだ、彼はドアに掛かっている表札を見つめた。それは子供

――おそらくクリスティアンヌだろう――が小学校でつくったと思われる陶器製の飾り板で、大きな青い文字が焼き付けられた表札だった――〝アレクサンデルとクリスティアンヌ、ペールエリックとエリザベス・トーステンセンの家〟。この表札も取りはずさなければならない。クリスティアンヌはもう二度と帰ってこないのだから。大きくなった彼女が玄関先に立って、この表札はちょっと子供っぽいかな、と思うこともないのだ。

キッチンの窓から、テーブルの上に置かれた待降節のろうそく立てが見えた。一本だけ火がともっていた。娘が行方不明なのに待降節のろうそくをともすのは不条理なことのようにバーグマンには思えた。いや、自分に何がわかる？　もしかしたらそうすることで、いつもと変わらない日常、娘がまだ生きているという望みにしがみついているのかもしれない。玄関のドアが開く鈍い音が聞こえた。バーグマンは深く息を吸った。脈拍が一気に速くなったのがわかった。玄関ドアの上の明かりに照らされてこれ以上ないほど蒼白な顔をしている暫定牧師と眼が合った。

ドアが開くのに合わせて三人は一歩あとずさりした。戸口に男性が現われた。玄関先に立っている三人を精査するように見つめる男性に、イエールルヴァンが咳払いをしてから静かな声で言った。

「ペールエリック・トーステンセンさんですか？」

男性はわずかにうなずいた。

イエールヴァンはまた咳払いをした。

「そうですが？」かすれた声でペールエリック・トーステンセンは言った。眼のまえに立っている警察官の制服と牧師の緑色の上着だけですべてを悟ったかのように、彼の眼はすでに涙であふれそうになっていた。ただ、声にはなけなしの希望を残す響きがあった──玄関先にいる三人の男たちがいい知らせを持ってきたのではないか、待降節の第一日曜日に奇跡が起こったのではないか。

ペールエリックのうしろで用心深い足音が聞こえ、女性が階段を降りてきた。女性は玄関まえの廊下で立ち止まり、両手で顔を覆った。

「残念です」とイエールヴァンが言った。

女性が悲鳴をあげた。バーグマンの全身に震えが走った。

永遠にやむことのないような悲鳴だった。

ヒステリー状態の悲鳴の中から、わずかなことばが聞き取れた。

「わたしのせい」

彼女は何度も何度もそのことばを繰り返した。「わたしのせい」

ペールエリック・トーステンセンのほうは、よろよろとあとずさりし、振り返ることもなく妻の名を読んだ。

「エリザベス、エリザベス」

夫のうしろで、彼女の悲鳴はますます大きくなり、それは肉体的に耐えられなくなるまで続いた。ペールエリック・トーステンセンはよろけ、廊下の壁にぶつかった。その拍子に引き出し付き収納棚の上に置かれていた写真のはいった額が床に落ち、ガラスが粉々に砕ける音がエリザベス・トーステンセンの悲鳴と混じり合った。イエールヴァンはペールエリックのそばまで行って、彼の肩を支えた。

バーグマンは牧師と顔を見合わせた。しばらく見合っていたが、そのうち家の中が急に静かになった。イエールヴァンの制服の上着にもたれかかり、抑えきれずに洩れ出るペールエリック・トーステンセンの嗚咽以外、家は沈黙に包まれた。バーグマンも家の中にはいると、イエールヴァンが玄関ホールの左手にあるキッチンを顎で示した。

キッチンのほうから、調理器具が床の上に転がり落ちる音が聞こえてきた。バーグマンは玄関ホールに敷かれた大きなペルシャ絨毯を横切ってキッチンに向かい、戸口で立ち止まった。待降節のろうそくの火がキッチン・テーブルの上で揺れていた。テーブルの椅子のひとつに、クリスマスの星飾りが置かれていた。吊るされるのを待つかのように。

エリザベスは床に膝をついており、頭をもたげると、申しわけなさそうに、バーグマンを見つめた。彼はすぐには体を動かすことができなかった。彼女の顔に見覚えがある気がしたのだ。大昔、どこかで見たような……ひとつのイメージが脳裏に浮かんだ。短い時間だったが、はっきりと見えた——まだ若かった頃の彼女が長い廊下に立ち、バーグマンに手を差し伸べていた。

彼はその記憶から、必死に自分を引き剝がした。

「やめてください」と彼は彼女の右手を顎で示しながら言った。

エリザベスは大きな包丁をことさら強く手首にあてた。すでに血がしたたり落ちているのが見えたが、包丁の刃は動脈まではまだ達していないようだった。

バーグマンは慎重にキッチンの中に一歩、足を踏み入れた。ミリタリーブーツの下でマツ材の床板が軋んだ。

「わたしに触らないで」と静かな声で彼女は言った。「触らないで、この豚野郎」

そう言って、彼女は手首に当てた包丁を強く引いた。音もなく。手首の腱に沿っていなくてよかった、とバーグマンはとっさに思った。そう思えるだけの余裕はあった。腱は切れたものの、肉までは深く切れず、血も噴き出していなかった。彼は彼女のまえに屈み込んだ。が、彼女がもう一度手首を切るのは防げなかった。彼はだらりと垂れ下がった彼女の右手首を強く握った。彼女の力が抜け、包丁を握っていた指がほどけた。バーグマンは床に落ちた包丁を拾って遠くに放り投げた。

そして、大きな手を彼女の細い手首に強く押しあてた。指のあいだに白い傷口が見え、温かな赤い血がにじみ出た。彼女は彼の制服の革の上着に頭を倒し、彼の首に顔を埋めた。

バーグマンは空いているほうの腕をエリザベスの背中にまわして、イエールヴァンを呼ぼうとした。が、なぜか大きな声が出なかった。おそらく事態を察したのだろう、離れたところからイエールルヴァンが短く指示する声が聞こえてきた。〝救急車〟〝スコイエンブリーネ〟ということばがかろうじて聞き取れた。

彼女の手首を握っている手に力を込め、キッチンカウンターの上を見渡した。腕を伸ばせば取れそうなところに食器用の布巾があった。立ち上がろうとしたが、エリザベス・トーステンセンにしがみつかれた。彼女の手首からいったん手を離した。すぐに傷口をタオルで圧迫するほうが先決だ。彼女は右手を顔にあてた。その顔に血の気はなく、今にも失神しそうだった。

「わたしの娘」と彼女は言った。「もう二度と会えない」

PART ONE
NOVEMBER 2004
第一章　二〇〇四年十一月

1

電話を取ろうと手を伸ばすと、目覚まし時計が床に落ちた。現場班の当直捜査官、レイフ・モンセンからの電話だった。トミー・バーグマンは、モンセンに全幅の信頼を置いているわけではなかった。モンセンには考え方が幼稚なところがあり、人種差別的なところもあり、大征服者チンギス・カンみたいに強引な男だ。ただ、犯行現場の状況説明にかぎっては大いに信頼できた。現役の捜査官の中で、彼以上に現場をよく見ている者はいない。だから、ぞっとするほどおぞましい現場だと彼が言うなら、それを疑う理由はなかった。〝ダクトテープ〟〝ナイフ〟〝かなづち〟〝血〟ということばが聞こえたが、現実のものとは思えず、すぐには理解できなかった。が、そのあとに続いたことばを聞いて、その朝バーグマンは完全に眼が覚めた。

「そんなことが可能かどうかは別にして、同一犯だと思う」とモンセンは言った。さすがに緊張していた。その緊張が声からも伝わってきた。「もうそっちにパトカーを向かわせた」

電話を切るなり、ディーゼル車のエンジンと急ブレーキの音が聞こえた。点滅する青いライトに部屋の中が明るく照らされた。

パトカーの回転灯がオスロのスヴァルトダル・トンネルの天井と壁を青く照らしている。トンネルの出口に停まっている車が二車線にまたがって行く手をふさいでおり、運転手はセンターコンソールにあるサイレンのボタンを押した。

「なるほど。あなたがバーグマン刑事ですか」助手席に坐っている若い制服警官が言った。バーグマンは返事のかわりにただ声を出した。うなり声のようになった。今は会話を始めたいときではなかった。そもそもこの若者がなんのことを言っているのか、噂はどこまで広まっているのかもわからなかった。

それ以上考えている暇はなかった。パトカーはフログネル通りに面したビルの入口のまえに停まった。ほかのパトカー二台と救急車一台が道をふさいでいた。三台の車両の青色回転灯がアパートメント・ビルの壁を照らしていた。入口のそばに立っている制服警官の耳は真っ赤だった。昨夜から気温が急激に下がったようだ。

階段をのぼるあいだずっと、今朝方聞いたモンセンの声がバーグマンの耳の中で響いていた。「ぞっとするほどおぞましい現場だ、トミー」

蛇のようにくねりながら階段を覆っている深紅のカーペットから眼をそらすことなく、階段をのぼった。そうすることで、アパートメントの中で待ち受けているものを想像しないようにした。

開け放たれた玄関のドアから、血の金属臭が漂ってきた。玄関の外の踊り場に立っていたもうひとりの制服警官は、今にも嘔吐しそうな顔をしていた。

バーグマンがアパートメントの玄関にはいるとすぐ、レイフ・モンセンが近寄ってきた。オスロの西側によくある古いアパートメントだった――隣り合った三つの部屋、白塗りの壁、キッチンの裏にはメイド部屋。高級娼婦の仮住まい、とバーグマンは反射的に思った。

「まだ生きてる」とモンセンが小声で言った。熱を帯びたような声で彼は繰り返した。「彼女は、まだ、生きてる」

モンセンは声を抑えていた。いつもとちがった。

「通報者は？」

「今のところ不明だ。未登録のプリペイドの携帯が使われてた。男の声で、このアパートメントで女、あるいは少女が死んでいる、とだけ通報があったんだ。死んでると思ったらしい。くそ、通報者は犯人を目撃してるかもしれない」

未登録の携帯電話。技術の進歩も善し悪しだ。バーグマンは今日初めて時計を見た。朝の四時半。階段の踊り場から足音がした。別の救急医療チームだった。彼らは廊下を駆け抜け、もう少しでバーグマンとモンセンを薙ぎ倒しそうになりながら、寝室に飛び込んだ。そのあとに鑑識課の同僚を引き連れたゲオルグ・アーブラハムセンが続き、最後に犯罪捜査課のフレデリク・ロイター課長が現われた。階段をのぼってきただけで、今にも心臓発作を起こしそうになっていた。

アーブラハムセンはカメラを手に寝室にはいった。バーグマンは、モンセン、ロイター、そしてアーブラハムセンの鑑識課の同僚――どうしても名前を覚えられない――と一緒に暗い廊下で無言のまま待った。一分後、アーブラハムセンが出てきた。寝室から追い出されたのだ。彼と医療チームの小競り合いが始まり、ロイターが仲裁にはいった。

「彼女がどんな姿勢でいるのか見ておく必要がある」大柄な救急医療隊の一員に押しやられながら、アーブラハムセンは言った。

「今、彼らは必死になって彼女の命を救おうとしてるんだ。それくらいわからないのか、ゲオルグ」ロイターの心拍数もようやく正常に戻ったらしい。ロイターのそのことばにわれに返ったのか、アーブラハムセンはカメラを握る手の力をゆるめた。

ややあって、ロイターはアーブラムセンと救急隊員を伴って寝室にはいった。医療チームと鑑識課のあいだでどうやら和解が成立したらしく、アーブラハムセンはそのあと寝室から出てこなかった。

バーグマンは靴カヴァーとヘアネットを着けて、五分ほどアパートメントの中を歩いてまわった。まずはキッチンから始めたが、一度も使用されていないくらい新しかった。食器棚の中に食器がほとんどないことが、このアパートメントは居住以外の目的で使われていたのではないかという彼の直感を裏づけていた。数枚の皿とステムの長いワイングラス、冷蔵庫の中にはシャンパン。食料は一切なかった。カウンターにも何も置かれていなかった。犯人が身元につながるものを持ち去ったとも考えられるが、そんなふうには思えなかった。キッチンの窓から裏庭が見下ろせた。通路の明かりがふたつの窓を照らしており、寝室はカーテンが閉まっていただけでなく、遮光性のブラインドも降りていた。なんの希望もないように思えた。この冬が最後の冬として永遠に続き、もう二度と夏が訪れることなどないかのように。

彼が首を振っていると、ロイターがパトロール警官ふたりとハルゲール・ソルヴォーグを連れてキッチンにはいってきた。三人とも記入用紙の束を手にしていた。

「ご近所さんの戸別訪問だ」と彼は言った。

廊下から音が聞こえ、ストレッチャーが運ばれてきたのがわかった。バーグマンは、酸素マスクで口を覆われた華奢な女性——いや、まだ少女だ——とようやく対面した。体を覆っている毛布はすでに血に染まっていた。手首にダクトテープが端切れのようにくっついていた。彼女自身はまるでもう死んでしまったかのようにじっと天井を見つめていた。ひとりの医師と四、五人の救急隊員がストレッチャーのうしろにつき、そのうちのひとりが輸血バッグを掲げ、もうひとりが少女の前腕に挿入されているチューブを押さえていた。毛布の下がどのような状態なのか。とても想像する気にはなれなかった。

バーグマンは急に寒気を覚え、背すじが震えだした。一瞬、制御できないほど全身が震えた。少女を改めて見ると、すべてが自分のせいのような気がした――彼女に起きたことすべてに対する責任が自分にあるような気がした。

救急車の隊員たちがひとり残らず去るまで、アパートメントの中の全員が動きを止めた。階段を行き来する音がやみ、隊員たちが互いに発する簡潔な指示もまったく聞こえなくなった。

が、その静寂も長くは続かなかった。

下の階の住人のひとりが半狂乱になって悲鳴をあげはじめたのだ。階段を降りていくストレッチャーを見てしまったのだろう。輸血されながら運ばれていく人形のような白い少女の顔を。

まるでクリスティアンヌのようだ、とバーグマンは思った。

「写真を見せてくれ」と彼はアーブラハムセンに言い、カメラを受け取り、今撮影したばかりの写真を画面に表示した。何歳なんだろう？　この市で一番若い娼婦のひとりであることはまちがいないだろう。制御しきれないほどの怒りが腹の底から込み上げてきた。もし――いや、いつになろうと必ず――こんなことをした男を捜し出したら、さらにこんなに若い少女をこの国に連れてきた男たち（少女はノルウェー人ではない。バーグマンはそう確信していた）を見つけ出したら、必ずこの手で息の根を止めてやる。

おそらく彼女は手首を縛られ、ベッドのヘッドボードにくくりつけられていたのだろう。

少なくともそう見えた。口に貼られていたダクトテープは剝がされ、片頬から垂れ下がっていた。彼女のほかの部分の状態を忘れることはないだろう、何週間経とうと。

「クソ野郎」とバーグマンは口の中でつぶやいた。呼吸が正常に戻るまで、部屋の中を何周も歩きまわらなければならなかった。下手をすると、怒りが爆発しかねない。壁を拳（こぶし）で殴って壊し、両開きのドアを頭で粉々に打ち砕き、白い壁の部屋の中にあるものすべて——椅子、ダイニングテーブル、テレビ、本棚——を蹴り飛ばしかねない。

　バーグマン以外の者はすでに寝室にいた。バーグマンは最後に寝室にはいった。ほかの者はともかく、そこが自分にとってはきわめて危険な場所でもあるかのように、恐る恐る——

　部屋の中央に大きなダブルベッドが置かれていた。バーグマンの予想どおり、ベッドの四隅にある錬鉄製の支柱から灰色の粘着テープの残骸が垂れ下がっていた。

「テープを切ったのはおれともうひとりの制服警官だ」とモンセンが言った。白いヘアネットの下からのぞく眼は見るからに悲しげだった。

　ハルゲール・ソルヴォーグが人にものを頼むことはない。みんなから頼りにされるのはそのためだろう。彼は一瞬の躊躇（ちゅうちょ）もなく四つん這（ば）いになると、部屋の隅々を詳細に調べはじめた。一方、バーグマンのほうは全体像を把握しようと部屋全体を眺めた。犯人は不意を突かれたのではないか、というのが直感だった。どういう状況だったのかはわからない。

それでもなぜかそう感じられた。モンセンが言っていたように、最後まで仕事を終わらせるまえに邪魔がはいったのだ。

「通報者はなんて言ってた？」とバーグマンは尋ね、モンセンと眼を合わせた。

「録音があるから聞こうと思えば聞けるが、大したことは言ってない」

「犯人は不意を突かれた」とバーグマンは言った。「来るはずのない誰かがアパートメントにはいってきた。そんな気がする。もしかしたら、通報者は犯人を目撃しているかもしれない」

「彼女はまだ生きてる」とロイターが言った。「なんとしても助かってほしい。おれたちが犯人を捕まえたら、これが犯人だと彼女が証言してくれる」

「アーメン」とモンセンが言った。そう言った彼の眼に光るものがあった。バーグマンと同じことを考えているのだろう――この事件の公正な裁きは旧約聖書でしかもたらすことはできないと。復讐するしかないと。

寝室の検証はアーブラハムセンとソルヴォーグに任せ、バーグマンは部屋を出た。もう一秒たりともそこにいたくなかった。何か見つけなければならないものがあるとすれば、彼らが必ず見つけてくれる。

彼はロイターを隣りの部屋に連れていって言った。

「同一犯にまちがいありません。クリスティアンヌがらみの最近の報道に刺激されたのにちがいありません。ほかの少女たちの殺され方と同じです。手口については課長もよく言ってましたよね？　課長も捜査に加わってたんだから」

「ああ。だとしたら犯人はアンデシュ・ラスクということになる」とロイターは言った。

「だけど、あいつは今リングヴォル精神科病院に強制収容されてる」

2

　バーグマンは窓から通りを眺めていた。マヨルストゥア交差点の車の動きは完全に停止してしまっているように見えた。シルケ通りの両車線とも果てしない車列が続いている。二十系統のバスが渋滞している車線になんとかはいり込もうとしていたが、〈マクドナルド〉の店先の停留所から一ミリも動けずにいた。

　十一月になったばかりだというのに、市はうっすらと雪化粧をしていた。どうやら長い冬になりそうだ。

「何かのせいにできたら、少しは気が楽になると思いますか？」背後にいる人物が言った。

　バーグマンは答えず、無言で窓敷居に腰かけた。ここ数ヵ月間、充分すぎるくらい話してきた。今日はもうとても口を開く気になれなかった。とにもかくにも昨日からの二十四時間は最悪だった。

「一度も会ったことのないお父さんのせいにできるとしたら？　あくまで理論上のことですが、お父さんが暴力的だった可能性は否定できません。あるいは、お母さんがあなたに罪悪感を植えつけるように仕組んで、感情を表に出すたびに罰を与えていたとしたら？」

　精神科医のヴィゴ・オスヴォルは努めて視線をまっすぐに落ち着けようとしていた。が、実のところ、かなり激しく揺れていた。「原因となるものも重要です。自分ではどうすることもできないものです。要は、その問題を抱えたまま生きていけるのかどうか、ということです。言い換えれば、問題を抱えたままのあなたと、他人はどうすれば一緒に生きられるのか。そういうことです」

「へーゲはおれが泣いているところを一度も見たことがない。それは話したかな？　そう、見られたことはないんだよ」

「あなたとしてはガールフレンドにもう一度チャンスを与えてほしかった。そういうことですか？」

「そうだ」

「でも、彼女があなたにもう一度チャンスをくれると思いますか？　これまで何度も何度もあなたにチャンスを与えつづけたのに」

「十一年だ。ああ、もう与えたいとは思わないだろうな。十年も与えつづけたのに」

オスヴォルは鼻から深く息を吸い込むと、眼鏡をはずしてわずかに首を振った。その所作が、この数ヵ月のバーグマンにいささかの改善も見られないことを示していた。バーグマンは思った――ひょっとすると彼は心の奥では、投薬治療以外にもう方法はないと考えているのかもしれない。

バーグマンはまだ質問にまともに答えていなかったが、オスヴォルは続けて尋ねた。「攻撃衝動が起きるとき、どのような感情が伴いますか？　自分を小さく感じますか？　恐怖を覚えます？　疎外されているように感じます？　あるいは傷つけられているように感じるとか？　孤独とか？　それとも自信？　悲しさ？」

「その全部だ」と彼は答えた。「子供。そう、子供に戻ったような気持ちになる」

オスヴォルはほとんどいつも暴力について追及してくる。果てしない暴力――殴打、レイプ、近親相姦、殺人は基本的には同じものだそうだ。「女性に対する暴力というのは力そのものです。彼女を殴ったとき、力強さを感じましたか？　それとも無力感？」

「わからない」バーグマンにはそれ以上答えられなかった。オスヴォルはまずうなずき、眉を上げて顔をしかめ、やがて同情的な笑みを浮かべた。バーグマンがこれまで何度訊いても、オスヴォルは暫定的な診断をくだしたがらない。診断をくだせば、病気というお墨付きを与えることになり、バーグマンはそれを松葉杖（まつばづえ）がわりに使うようになると思っているのだ――おれは病気だ、だから人を殴ってもしかたないんだと。

「あなたは仕事に支障をきたしているわけではありません」オスヴォルはいつもの台詞を口にした。「だから今は診断をくださないでおきます。もう少し様子を見ましょう」

バーグマンは二百クローネ札五枚を財布から取り出した。

オスヴォルは、コーヒーテーブルの上のクリネックスの箱と萎れたランの花のあいだに置かれた金の懐中時計を取り上げた。

「もう行かないと」と言って、バーグマンは机の上から日刊紙〈アフテンポステン〉を取り、その第一面をオスヴォルに見せた。

精神科医はバーグマンのカルテ――これまでの彼の生きざま、とっ散らかった彼の人生が詰まったカルテ――をしまった。十五分もすれば次の狂人がやってくる。一度の人生ではとうてい立ち直らせてやることなどできないほどの問題を抱えた誰かが。

本来ならバーグマンもほかの同僚たちと一緒に警察本部にいなければならないところだった。が、このセラピーを受診させることのほうが重要だと、上司のロイターが判断したのだ。それに、今の段階でバーグマンにできることは何もなかった。その結果、彼は四十五分間カウチに横たわって、オスヴォルの〝相手〟をすることになったのだが、実際のところ、ロイターお気に入りの言い方をすれば、第一幕の主役は鑑識の技術者たちだ。通常の芝居とは反対に。殺しがまずあって、そのあとに技術者が登場する。そしてようやく第二幕の幕が開く。終幕は、からみ合った別々の悲劇がドラマティックな要素も何もなく、淡々とつなぎ合わされる。

まるでバーグマンの人生そのものだ。

秋になってすぐ、ヘーゲは彼をドメスティック・ヴァイオレンスで訴えた。バーグマンと別れたあと結婚した相手に説得されたらしい。有罪が決まれば、三年から六年の刑になる。

バーグマンは訴えられて少しほっとした。もちろん刑務所など行きたくない――自分がしたことを他人に知られたくもない――が、テーブルの上に置かれた告訴状を見たとき、カミングアウトできたような気分にもなったのだった。どこか心の奥では、ヘーゲに彼女自身の強さを見せてほしかったのかもしれない。あんたみたいな男なんかとことん叩いて、つぶしてやる、と言ってほしかったのかもしれない。

オスヴォルは、そんなバーグマンの心境を肯定的に見た。「非常にいい傾向です」とさえ言った。問題は誘発点（トリガーポイント）だ。それをことばにして、自分の行動を説明するのがバーグマンにはむずかしかったが、それ自体についてはあまり気にしていなかった。できなくてもさほど悪いことではないのではないかと思っていた。ＤＶへの衝動がまだ残っているのかさえわからないというのは、むしろいいことなのではないだろうか？

セラピーを受ける意思があると告げると、ヘーゲは告訴を取り下げた。警察本部の中でこの件を知っているのは、課長のロイターと人事部長だけだ。ただ、どうせ情報は洩れる。全員に知れ渡ることはないとしても、いずれ上層部の何人かの知るところとなるだろう。そうなれば、今からゴマすりを始めないと、明らかに出世に響く。彼は〈オルタナティヴ（A）・トゥ（T）・ヴァイオレンス（V）〉の待機リストに載っている。女性に暴力を振るうＤＶ男の更生プログラムの待機リストに。だから、もうしばらくはオスヴォルのセラピーも続けようと思っている。奇妙なことながら、バーグマンはこの内斜視の精神科医のことがけっこう気に入っている。

「一度でも下手を打ったら、即お払い箱だからな」とロイターには釘を刺されている。「そうなったら、エアガンを持った警備員にもなれないぞ。もしほんとうに告訴されて有罪になっていたら、三年は食らうところだった。おまえ自身罪を認めたんだから。警察としては事件として扱うこともできた。いや、本来なら事件として扱うべきだった。それで刑務所送りになっていたら、おまえはもう死んだも同然だった。それはわかるよな、トミー？塀の中の連中はお巡りには容赦がない。体じゅうの骨という骨をへし折られて、なぶり殺しにされてもおかしくない。いや、今にして思えば、おれがもっとまえにそうすべきだったか」

3

バーグマンは、フログネル通りにある被害者のアパートメントに向かった。ただ排ガスを吐き出していただけの車の長い列もいつのまにか消えていた。

アパートメント・ビルの入口のドアに近づくにつれ、見せかけの日常が戻ったように思えた。ほんの数秒のあいだ、前夜の光景が心の眼に映し出された――まぶしく点滅する青い回転灯、大勢の制服警官、重傷を負った少女を目のあたりにした人たちの悲痛にゆがんだ顔。

今は、ビルの周囲に停車していた救急車やパトカーもなく、入口をふさいでいた規制テープも取り払われていた。アパートメントの中では、鑑識の技術者ふたりだけが作業を続けていた。

バーグマンは玄関のドアを叩き、靴カヴァーを着けた。寝室のベッドは黒く変色していた。彼女はいったいどれくらい出血したのだろう？　犯人はいったい何回彼女をナイフで刺したのだろう？　床の上に転がったまま残されていたかなづちで、いったいどれほど彼女を殴りつづけたのだろう？　指紋はひとつも発見されていない――おそらくラテックスの手袋を着けていたのだろう。凶器は持ち去られていたが、刃渡り十センチから十二センチ程度の中型のナイフと推定された。そんな刃物が自分の体に刺さっているところを想像するだけで、吐き気がした。少女は、傷そのものではなく、出血だけによって死に至っていてもおかしくない刺され方をしていた。もっとも、急所となる臓器が攻撃を免れていたわけでもないが。あんなに小さな体ではそれは避けようがない。

彼は、ベッドのヘッドボードに残っていたダクトテープの残骸に眼を移した。モンセンとパトロール警官が到着したとき、少女はテープでベッドにくくりつけられていた――同じテープで口もふさがれていた。

同じ手口。辻褄(つじつま)は合う。一九八〇年代、まだ役職のない捜査官だったロイターによれば、今回の犯行の手口は、一九九〇年代にアンデシュ・ラスクが有罪判決を受けた六件の殺人事件と酷似している。それは病院からの報告でもわかる。過去に殺された六人の少女たちとまったく同じように、今回の被害者の少女もナイフとかなづちによる整然とした傷を負っていた。今回の犯人が〝トロフィー〟の収集――アステカの祈禱師(きとうし)にでもなったつもりで体の一部を切り取る――まで至らなかった唯一の理由は儀式のまえに邪魔がはいったからだろう。もし時間があったら、同じようにしていたのはまちがいない。

最初の少女――一九七八年、ヴェストフォル県トンスベルグ市で殺害――は左手の小指が切り取られていた。ほかの少女たちはそれぞれ左手の別の指を失い、最後の被害者となった六番目の少女は右手の親指を失っていた。それだけでなく、ラスクは彼女たちの女性器も切り取っていた。どうやって切除したのか。バーグマンは考えたくもなかった。

ひとつだけ確かなのは、この殺人未遂事件の実行犯がアンデシュ・ラスクではないということだ。彼は今リングヴォル精神科病院に入院しており、最近になって再審請求を試みている。もうひとつ確かなことは、この少女を殺害しようとした犯人が何者であれ、六件の殺人事件におけるラスクの手口を知り尽くしているということだ。ラスクの手口はオスロじゅうの刑事や事件記者が熟知している。それでも、評決の内容――殺害方法の詳細も含めて――は被害者遺族への配慮から公にされることはなかった。となると、可能性はふたつしかない。模倣犯――ラスクの過去の殺人事件の詳細情報すべてを知っている彼の崇拝者――による犯行か、それともラスクは実は無実で犯人はそもそも別におり、その真犯人が犯行を再開したのか。あるいは、そう、オスロ警察はもっと恐ろしい悪夢と向き合っているのかもしれない。ラスクとまったく同じ行動をする正体不明の犯人が市に野放しになっていて、その人物がアンデシュ・ラスクとつながっているのか。

考えれば考えただけやりきれなくなったが、かろうじてバーグマンを突き動かしているものがあった。無防備な若い少女は自分を殺そうとしたやつの顔を見ているかもしれない。今の彼にはそのことしか考えられなかった。

4

バーグマンは少女のアパートメントの玄関のドアのところに戻った。前夜ここに到着したときにはドアは開いていた。

玄関のドアのまえに立ち、頭の中で犯行の夜を再現してみた。おそらく犯人はアパートメント・ビルの入口の呼び鈴をまず押したことだろう。少女とはストリップクラブ〈ポルテ・デ・センシス〉で出会ったと考えられなくもないが、インターネットで広告を見た可能性のほうが高い。この点に関しては、少女の身元が判明すれば、本格的に捜査を開始できるだろう。アパートメント内にはパソコンも電話もなく、住所録どころか紙切れ一枚なかった。

フログネル通りに面した出入口までゆっくりと階段を降り、白く塗られた大きな木製の両開きのドアのまえに立った。呼び鈴のところに表札のようなものは何もなかった。アパートメントの所有者は、エストニアの企業の傘下にあるノルウェーの会社で、社長はヨン・H・マグネスンという名のノルウェー人の実業家だった。一年のうち百八十三日をキプロスで過ごしており、彼とは弁護士を通してしか連絡が取れなかった。その弁護士がこのアパートメントのことを知っているとも思えない。

バーグマンは、指紋検出用のアルミニウム粉が付着したままの呼び鈴をじっと見つめた。なぜそんなに気になるのか、自分でもわからなかった。犯人はここに立っていた。鞄かスーツケース、もしかしたらリュックサックを持って。道具――ナイフ、かなづち、それにダクトテープ――をその中に入れて。

警察は防犯カメラに映っていた男――コート・アデレシュ通りを〈ポルテ・デ・センシス〉からドラメン通りに向かって歩いていた男――を早朝から捜していたが、その男は鞄もスーツケースもリュックサックも持っていなかった。だから、ただ近くに住んでいるだけなのかもしれなければ、事件とはまったく無関係なのかもしれない。

バーグマンはドアを押し開け、また五階まで階段をのぼった。ナイフとかなづちと頑丈なダクトテープを持って、この階段をのぼっていった人物は、いったいどんなことを考えていたのだろう?

通報者のヒステリックな声を思い出した。若い男の声のように聞こえた。少女のヒモか、彼女の売上金を元締めのところに持っていくただの使い走りか。あるいは、真夜中にアパートメントを訪れ、少女とヤレたらラッキーとでも思っていた、ただの知り合いの男か。売春業界はおこぼれにあずかろうとする馬鹿者であふれている。いずれにしろ、通報者が誰であれ、その男は予告なしに訪れた。そのときドアは施錠されていなかったか、その男は合鍵を持っていたか、そのどちらかだ。

アパートメントに足を踏み入れ、心底震え上がったことだろう。そのとき何を眼にしたかなど今さら想像したくもないが。

それでもその男は犯人を目撃したかもしれない。いや、きっと見たたはずだ。今朝すでにバーグマンは、少なくとも十回は通報の録音音声を聞いていた。

「急いで！　すぐに来て。彼女が死にそうだ。死にそうなんだ！」

通報が記録されたのは午前三時四十七分。未登録のプリペイド式の携帯電話でかけてきた。それは少女となんらかの関わりがあることを隠そうとしたため？　話しことばに訛りはなかった。少なくとも東欧の人間ではなかった。

通報の内容を確認しても特に手がかりは得られなかったが、少なくともふたりの人間が犯人を目撃したことを示唆している。それが事実だとしても、自ら名乗り出てこないかぎり、その通報者を守ることはできない。しかし、その通報者は一目散でアパートメントから逃げた。血のついた足跡が廊下にあったことから、犯人は彼を追ったと考えられる。

少女はまだ生きている。今のところ彼女だけが頼みの綱だ。

バーグマンは四階まで階段をのぼった。その階に住んでいる若い夫婦への訊き込みはすでにすんでいた。彼らは何も聞いていなかった――少女の口にテープが貼られていたことを考えれば、驚くことでもなんでもない。自分たちの頭上で繰り広げられていた〝営業〟についても、まったく知らなかったと言明した。それでも、まだ結婚したばかりで、まだ幼い子供を持つ母親のほうは、何か話したがっているようにバーグマンには思えた。

意を決し、呼び鈴を押してみることにした。押す寸前、携帯電話が鳴った。ハルゲール・ソルヴォーグからだった。即刻オスロ大学病院に来て交代しろ、来ないのならおれは今すぐ家に帰ると脅してきた――こんな年寄りにただ働きさせるな、と。

バーグマンは階段を駆け降りた。四階の若い夫婦には明日話を聞けばいい。

入院中の少女が意識を取り戻した場合、その場に誰かいなければ。今のところ、少女の証言が唯一の手がかりである以上。

5

自分を呼ぶ誰かの声で、エリザベス・トーステンセンは眼を覚ました。が、部屋はそれ以上何も語りかけてはこなかった。またあの夢を見たようだ——スコイエンブリーネ通りの家の二階にあがっていくと、暗い廊下の向こうからくぐもった声が聞こえてくる。ベッドの中のふたり。悲鳴。

ママ、どこにいるの？

ここにいるわ、クリスティアンヌ。とっても遠くに。ずっとそうだったように。

いつもの失望感に襲われた。実際に聞こえたのは、キッチンから彼女を呼んでいるペーターの幼い声だった。

「ママ？」

「ちょっと横になってるの」と彼女は小声で言った。大声を出す気力もなかった。しばらくすると、幼い顔が戸口に現われた。少年は書斎にはいると、卓上スタンドの明かりをつけた。

「どうしてそんなところで寝てるの？」

「お水を持ってきてくれる？」とエリザベスは言った。「お願いしてもいい？」

少年は何も言わずに部屋から出ていき、ドアを閉めた。彼女にはわかっていた。息子は感づいている。母親に愛されていないことに。ことばではまだ言い表わすことのできない理由から、すでに母親を軽蔑しはじめているにちがいない。

起き上がると、頭が重かった。精神安定剤のヴァリアムを一錠か二錠飲んでもよかった。少し様子をみることにした。卓上スタンドの弱い光が頭蓋骨の奥深くに突き刺さり、脊椎の中を通って腰まで突き抜けているような気がした。

震える手で、机の上から〈ダークブラーデ〉紙を取り上げた。そのニュースはラディソン・ホテルから帰る途中、タクシーの中のラジオで聞いた。帰宅してすぐ家政婦のローズに言って、あらゆる新聞を買ってこさせた。そのあと机のまえに坐り、ウェブサイトのニュースを読み漁った。意に反して。それで半日がつぶれた。

記事によれば、警察はある男を捜しているということだった。解析度の粗い写真には、黒いコートを着た男がコート・アデレシュ通りをドラメン通りに向かって歩いている姿が写っていた。男の顔はＮＹヤンキースの野球帽で隠れていた。

写真が撮られたのは午前一時五十九分。

彼がその通りにあるいくつかのクラブにかよっているのは知っていた。以前は彼のそういう振る舞いを想像しただけで興奮したものだ。しかもあの野球帽。あのような帽子を彼はよく別荘の山小屋でかぶっていた。街中でも時々。

彼がラディソン・ホテルにやってきたのは、あれは何時だった？

ほとんど覚えていなかった。彼女が家に帰ったときには午前九時を過ぎていた。ペーターは母親がどこにいるのか訊いてこなかった、とローズは言った。ローズはいつものようにペーターを起こし、朝食をつくり、昼食を用意して持たせていた。ごく稀に彼女が朝ちゃんと起きて、車で息子を学校に送っていくこともないではなかった。しかし、それは天気が悪いときとか、普通の母親の気分になりたいときにかぎられた。普通？　普通の母親なら、十二歳の息子に対してこんなふうには思わない――〝あなたを産んだのはただ忘れるため〟だなどとは。

〝今はそんなあなたが大嫌い〟とは。

黙りなさい、と彼女は自分に言い聞かせた。キッチンから、ローズとペーターの話し声が聞こえてきた。ペーターの言った何かにローズが笑っていた。まるでペーターに好意を抱いているかのような笑い声だった。三十歳のフィリピン人の家政婦が十二歳の少年に心惹かれている。ほんとうに夫のアスゲイルがペーターの父親なのか、エリザベスにもわからなくなることがたまにある。ペーターはむしろアレックスに似ているからだ。ひとつの過ちが引き金になって別の過ちが起きるというのはよくあることだ。

いつの日かあなたを切ることになる、と彼女は思った。文字どおり切ることに。

涙があふれてきた。

憎しみは捨てなさい。ずっとそう言われてこなかった？　憎しみは人を奈落の底に追い落とす。

でも、それはそんなに悪いこと？

ただ手を放したいというのはそんなに悪いこと？

6

タクシーがようやくオスロ大学病院のまえに着いた頃には、地面は深い雪で覆われていた。バーグマンが乗ったタクシーの運転手はデンマーク人だった。デンマーク北部のイェリングの出身なのに、十一月の雪は経験したことがなかったらしい。「ノルウェーへようこそ」とバーグマンは言った。実のところ、あまりにのんびりと運転するので、病院に着くまでに少女が死んでしまうのではないかとひやひやしていた。それでも警察車両で病院に乗りつけるのは論外だ。少女の入院先を知っているのは警察本部内でも十人ちょっとの関係者だけだ。それでも多すぎる。バーグマンは個人的にはそう思っていた。

タクシーのドアを勢いよく閉めると、それでジョン・コルトレーンの『至上の愛』は聞こえなくなった。吹雪の中、バーグマンはメルセデス・ベンツの赤いテールライトが見えなくなるまで見送った。街灯の光を浴び、雪は黄味がかった病的な色に染まっていた。

救急医療チームと救急救命室の医師たちが少女を一晩でも延命させることができたのは奇跡だ、とバーグマンは思った。彼女は九時間ずっと手術台の上にいた。とうの昔に信じなくなった神に、バーグマンは祈った。早く話が訊けますように、と。

少女が生き延びた事実には何か意味があるはずだ。

病院の入口で二本続けて煙草を吸った。これからどれくらい中にいることになるのか、見当がつかなかったから。

彼のうしろでガラスの自動ドアが閉まった。受付エリアのロビーはがらんとしていた。受付カウンターには誰もいなかったが、その奥にあるナースステーションからひかえめな笑い声が聞こえてきた。ナースステーションの入口には縦ひだの白いカーテンが引かれており、中は見えなかった——中からも外は見えないだろう。彼は天井と壁を見まわした。見るかぎり、防犯カメラは自動ドアの上にあるふたつだけのようだった。それぞれロビーが映るように位置取りされていたが、左右に伸びる長い廊下をどちらに進んでも、カメラの視界からすぐにはずれてしまいそうだった。

モルヒネにかぎらず手にはいるものならどんな薬物でも求めて、病院の廊下をうろつく麻薬中毒者の話には事欠かない。少女が入院しているにもかかわらず、そんなことも配慮できない病院が信じられなかった。病院で働いている人間がたったひとりでも裏切って、少女の居場所を口外すれば、たちまち市の新聞の一面に載る。万が一そんな事態になれば、受付エリアに警備員がいようと、彼女の病室のまえに警察官がいようと、なんの役にも立たなくなる。

「すみません」ナースステーションに向かって声をかけると、笑い声が止まった。

若い女性が顔をのぞかせた。一瞬気まずそうな表情をしたが、すぐに気を取り直したようだった。そのうしろから、警備員が現われた。

彼女が真顔になったのを見て、ひょっとしてこのふたりはおれが犯人とでも思ってるんじゃないか、とバーグマンは思った。その犯人が途中までやりかけたことを最後までやり遂げるためにやってきたのではないか、と。

「この病院の警備体制はこんなものなのか？」とバーグマンは言った。

「いえ、警備は万全です」警備員はそう言うと、カウンターをまわり込んでロビーの見まわりを始めた。

そんなことをしてもなんの意味もないと思いはしたが、バーグマンは何も言わなかった。ただ広いロビーを見渡し、小柄な警備員が入口の自動ドアまで歩いていくのを眼で追いながら内心思った——もし少女たちを殺した犯人がここにやってきたら、あんたはまちがいなく殺される。

7

バーグマンは長い廊下を進んだ。三階まで行くのにエレヴェーターは使わず、螺旋階段をのぼった。その途中、何か嫌な感覚に襲われ、立ち止まった。手すりにもたれ、階下を見下ろすと、地下まで見通せた。見えた場所は亡くなった患者を病棟から病棟へ移動させるための通路になっていた。死者はひんやりと冷たい霊安室に運ばれ、殺人の被害者は検察官の了承を得て検死医によって解剖される。苦しみはもう充分に味わったはずなのに。

バーグマンはそこに佇み、階段の中心に開いた長方形の隙間から地下をしばらく見つめた。この病院の中にはいってから、どのくらい時間が経った？　今までふたりの人間にしか会っていない——さっきの看護師と警備員。このような病院には、いくつ出入口があるのだろう？　今のこの状況はすべてにおいて危険すぎるのではないか？

犯人は若い娼婦が重傷を負っていることを知っている。そのような患者を警察は必要以上に遠い病院に搬送することはない。それぐらい当然知っているだろう。オスロの病院事情にも通じていれば、身元不明の重傷の少女の受け入れ先第一候補が、オスロ大学病院であることもきっと知っているのではないか。

オスロ大学病院はいくらなんでもあからさますぎる。バーグマンはそう言ってロイターを説得しようとしたのだが、聞き入れられなかった。それならせめて警護の増員を、とも言ったが、これも取りつく島がなかった。そんな予算はない、さすがのおれも魔法は使えない。それがロイターの言い分だった。

背後でドアが音をたてて勢いよく閉まった。振り向いたが、誰もいなかった。

廊下のずっと先のほうのドアが開き、男性看護師が出てきて、手を差し出しながらバーグマンに近づいてきた。

「クリスティアンです」と男は名乗ったが、バーグマンはその名をすぐに忘れた。そもそも実際名乗ったのだろうか。

頭の中で女の声が鳴り響いていたのだ。初めはなんと言っているのかわからなかった。が、やがて思い出した。

〝わたしのせい〟。

もう何年もまえに聞いたことばだった。

ＩＣＵ病棟のドアが自動的に開いた。あまりに多くの悲しみと死を目撃してしまったかのように、病棟内の壁は灰色だった。

「彼女は一番奥です」と看護師は言った。

「わかった」とバーグマンは言った。廊下の一番奥のドアのまえに、武装した制服警官が坐っていることにはすでに気づいていた。ハルゲール・ソルヴォーグがその警官のまえに立ち、長々と何か話していた。

下衆野郎のソルヴォーグのことは好きではない。それでも、なかなか有能な下衆野郎だ。認めざるをえない。フログネル通りの少女のアパートメントで、ストリップクラブ〈ポルテ・デ・センシス〉のマッチ箱を見つけたのもソルヴォーグだった。クラブを経営するギャングのミロヴィッチは、協力と引き換えにスヴァイン・フィンネラン検事正から免責の約束を取りつけていた。おそらく少女はコンテナに入れられ、この国に連れてこられ、ミロヴィッチのクラブで働かされていたのだろう。それが検察の見立てだった。少女はどう見ても十四歳以上には見えなかったが、そんなことはフィンネラン検事正にはどうでもいいことなのだろう。ラスクの犯行と考えられている殺人事件の真犯人が現われたかもしれないのだ。もしそうなら、どんな検事でも真犯人を挙げたがるだろう。しかも検事正は今回の事件の犯人こそ真犯人だと確信している。バーグマンのほうはまだ確信できずにいるが。

病室のまえのふたりに声をかけ、彼はマヨルストゥア警察署から派遣された、がっしりとした体格の制服警官に身分証を見せた。

二言三言不満を言うのを忘れず、ソルヴォーグは帰っていった。

「銃の薬室に弾丸（たま）を一発送り込んでおくことだ」とソルヴォーグは制服警官にしたり顔で言った。

馬鹿が、とバーグマンは思った。それでもソルヴォーグの言うことにも一理あった。この国でもっとも危険な男かもしれない相手と向かい合ったら、一刻の猶予も許されない。

「彼女はこの中です」バーグマンがまだそのことに気づいていないとでも思っているのか、男の看護師が言った。

ドアのガラス窓から中をのぞき込むと、病室内は暗かった。少女が横たわっている奥のベッドだけにほんのりと光があたっている。実際のところ、この子は何歳なのか？

「中にはいって彼女をこの眼で確かめたい」とバーグマンは言った。

「それは――」

「聞こえただろ、おれの言ったこと？」バーグマンは看護師のほうを向き、人差し指で彼をつついた。制服警官がためらいがちに立ち上がった。

「きみは坐ってろ」とバーグマンは言った。「きみが警戒しなくちゃならないのはこのおれじゃない」

「しかし――」

「当直の医者を連れてきてくれ、きみ、名前はなんだったけ、そう、クリスティアン。さもなきゃ、おれは市(まち)のあちこちに電話をかけまくる、わかったかい？　ひょっとしたら、二度とこの市(まち)では働けなくなるかもしれないぞ」

一分もしないうちに、クリスティアンはバーグマンと同じくらいの年恰好の女性を連れて戻ってきた。四十を超えたばかりか。彼女の顔に見覚えがある気がした。以前の事件で見かけたことがあるのかもしれない。どの事件かまでは思い出せなかったが。

「どうしても彼女を直接この眼で確かめたいんだ」

女医は彼を通り越して少女が寝ている部屋の中を見た。

「彼女は極度に衰弱しています。そのため意図的に昏睡状態にする必要があります。どういうことか、おわかりだと思いますが。彼女の容体については仔細に経過観察をしています。この一時間はいいほうに向かっています」

ナースステーションの戸口から看護師がふたり顔をのぞかせたのが見えた。

「誰かがつきっきりで彼女のそばにいるんじゃないんですか？」

「少しでも異変があれば、すぐにわかるようになっています」医師は今度は彼をまっすぐに見すえて言った。

「彼女が何か話しても？」

医師はうなずいた。

「何か話したんですか？」

「ええ。何か言ってました。支離滅裂なことでしたが。今日ここにいた刑事さんにも理解できなかったようです。もう一度言いますが、彼女はとてもとても衰弱しています。実際、生と死の狭間をさまよっている状態です。致命的な出血量だったんです。たとえ生き延び
――」

「二十四時間体制で誰かがそばにいないと駄目だ」バーグマンとしては女医の話につきあってはいられなかった。今のような状況ではたったひとことでも重大な意味を持つ。ほんの些細な情報にさえ身を擲つ価値がある。ポケットから音声認識機能のついたボイスレコーダーを取り出し、医師の眼のまえに突きつけた。

「これか、おれか、どっちか。選んでください」

いっとき時間はかかったが、医師は渋々了承した。そのかわり、バーグマンは感染対策のため、靴カヴァー、ヘアネット、マスク、それに医師と同じ緑色の防護服を着用させられた。医師は嫌味を言った。風邪をひいた汚らしい警察官のせいで、患者の命を危険にさらすわけにはいかない、と。今の彼女の容体ではどれほどわずかな感染でも命取りになる。

バーグマンはナースステーションの鏡に映った自分の顔を見た。部屋の中は消毒液のにおいがした。鏡の隣りにワイン抽選会のポスターが貼ってあった。どう見ても場ちがいに思えた。不意にヘーゲのことが思われた。彼女は毎日このような場所に立っていた。彼女にしてみればまったく場ちがいでない場所に。彼は思った、今後の人生、おれは彼女のことをずっと引きずって生きていくのだろうか？

ヘアネットをかぶり、鏡に顔を近づけた。ナースステーション内の明るい照明のせいで、眼の下の隈がひどくめだって見えた。マスクを着けながら彼は自嘲して思った。少女が目覚めたときに最初に眼にするのがこのおれなら、まちがいなくショック死するだろう。彼女が眼を覚ましたときに決定的な何かを言ってくれるのをひたすら願いながらも、そのそばに二時間も三時間も坐りつづけることを考えると、それだけで一瞬パニックになりそうにもなった。

が、正義につながるならパニックにも価値がある。

医師は何も言うことなく、彼を病室まで連れていった。バーグマンは制服警官と少しだけことばを交わした。制服警官は背が高く、がっしりした体型だった。それでも犯人がここに現われたら？

病室の中に案内されると、少女はいかにも病院らしい大きなベッドに横たわっていた。バーグマンはこのような光景を初めて見るような気がした。いったい何本のチューブにつながれているのか。数えようと思ったが、彼女を見ていると、頭がくらくらしてきた。口を覆っている酸素マスクからチューブが延びており、それはベッド裏の酸素供給装置につながっていた。バーグマンは緑の光を放つ心電図モニターに表示されている数値とグラフを眼で追った。何年かまえに見たＳＦ映画の場面に似ていた。映画の題名は思い出せなかったが、半死半生で昏睡状態にある少女たちが、今から起ころうとしている殺人事件を予知するといった話だ。

それこそ彼が今感じていることだった。これから起きることはすべて予知できる。そんな気がしたのだ。なぜ少女の殺害が未遂に終わったのかもわかっている。犯人を見つけ出せるのは自分しかいない……ラスクはまだ収容されている。三週間まえに〈ダークブラーデ〉紙の取材に応じ、よくよく考えてみるとクリスティアンヌは殺してないかもしれない、などと言いだしたのだ。ほかの五人は殺したかもしれないが、たぶんクリスティアンヌは殺していない、と。

医師が出ていくと、バーグマンはベッド横の椅子に倒れ込むようにして坐り、少女の顔をじっと見つめた。薄暗い光の中、彼女はどことなくスラヴ系に見えた。夢の中に出てくる少女にそっくりな気がした。人形のような顔をした少女に。血の気が失せた真っ白な肌はほぼ透明とも言えそうだった。

突然、少女の頭ががくっと揺れた。バーグマンは思わず椅子の上で飛び上がった。瞼(まぶた)の下で少女の眼が動きはじめた。口が少し開いたのを見て、ベッドの向こう側にある心電図モニタに彼は眼をやった。脈拍が上がり、血圧も上昇していた。少女は始まったのと同じくらい、それは突然静止した。動きはやみ、脈拍も下がった。少女は息を大きく吐き、モルヒネに誘導されたような鎮静状態にまた戻った。

彼のうしろでドアが開き、女医の長い影が床に伸びた。女医はバーグマンと少女をしばらく見つめたあと、心電図モニターまで歩き、そこで首を傾げ、ボタンを押した。数秒後にモニターに横づけされているプリンターから、印刷された紙が出てきた。

「何かしゃべりました？」と彼女はバーグマンのほうを向きながら尋ねた。

彼は首を振った。

「日中も何度か今と同じような覚醒状態になりました。数分間覚醒が続いたこともありましたが、会話できるような状態にはなりませんでした」

だからおれがこうしてここに坐ってるんだ、とバーグマンは思ったが、返事のかわりにただうなずいた。

医師はまえ屈みになり、少女の額にやさしく手を置いた。バーグマンは、医師の長い指の動きを眼で追った。少女のブロンドの髪を撫でる左手の薬指に幅広の結婚指輪がはめられていた。

「うちの真ん中の娘と同じくらいの歳なの」と医師は悲しげな笑みを浮かべて言った。もはや自分にできることは何もないとでも言っているような笑みだった——自分には半分死にかけている少女の髪を撫でて、生き延びますようにと、神に祈る以外何もできないと。

「あなた自身、少し寝たほうがいいような顔をしてるけど」と彼女は言い、彼の肩をやさしく叩いた。医師が出ていってから数分経っても、肩に彼女の手のぬくもりが残っているような気がした。

少女の手を取って握ってあげたい、という抑えがたい衝動に駆られた。眼が潤んでくるのを覚え、このメロドラマ野郎と自分を罵った。眼を閉じ、彼女の小さな手に触れた。点滴のチューブに触らないように気をつけながら。

○6○

三十分もしないうちに、彼は自分の呼吸が少女のゆっくりした呼吸のリズムと同調しているのに気づいた。二時間後、椅子の上で眠り込んでいたバーグマンは女医に起こされた。眼を開けると、女医が眼のまえにしゃがみ込んでいた。彼女は両手を彼の両肩に置くと言った。

「部屋を用意しましょう」

ふたり用の病室に連れていかれたこともほとんど覚えていなかった。最後に彼の眼に映ったのは、窓ガラスに舞い降りては溶けて流れ落ちる真っ白な雪片だった。

8

『白鳥の湖』の序幕の曲を聞くと、決まってひどく感傷的な気分になる。どうすれば人の琴線に触れられるのか、チャイコフスキーは知り尽くしている。メロドラマのような冒頭からつながるふたつのワルツは、二度と戻ってはこない過去を思い出させる――まだ幼かった娘たちがバレエのレッスンにかよい、クリスマスの舞台に上がって踊っていたあの頃。まだ顧問医師や臨床部長になるまえ、〝狂気〟の専門家になるまえの話だ。

アルネ・フールバルゲはリモコンに手を伸ばし、音楽を消した。足を長時間机の上にのせていたせいで、すっかり血が引いてしまっていた。やっとの思いで両足を床におろしたものの、しばらくは脚全体が痺れて痛かった。血の流れが完全に戻るまでずいぶんかかった。拘束衣を着たまま目覚めるというのは、どんな気分のものなのだろう？　彼はふとそんなことを思った。

薄暗いオフィスの中をぐるぐる歩きまわりはじめた。緑色の卓上ランプの光だけが、こんな深夜でも命を宿した存在がオフィスの中にいることを示している。彼は深く息を吸い込み、罪悪感をもう一度振り払おうとした。私生活を仕事から切り離そうとした。ＣＤプレイヤーのところまで行き、また『白鳥の湖』をかけた。それからウォッカをグラスに注ぎ、ミョーサ湖に面した窓のまえに立った。ウォッカを一気に飲み干す。幸いここには呼気検査などない。激しく降る凍雨の中、病院の中庭のわずかな明かりが見えた。それ以外、窓の外は真っ暗だった。

階上からかすかな悲鳴が聞こえた。ほかの人間なら聞こえなかったかもしれないが、彼は患者の発する超音波に近い叫び声を検知する第六感みたいなものを習得していた。

当直の看護師に電話をかけた。

「まだお仕事なさってたんですか？」と彼女は言った。

彼は答えなかった。

「薬の量を増やすことについて、きみの意見は？」

彼は兵卒に質問をするのが好きだ。そうすることで、兵卒にも自分たちも少しくらいは重要な役割を担っていると思わせることができる。いや、と彼は思った。彼らは重要だ。この私より重要だ、そうではないか？　二十四時間、前線で戦っているのは彼らだ。私ではない。フールバルゲは、午後四時に帰宅することに決めていた。朝は病院に来るとすぐ報告書や症例記録に眼を通し、何人かの患者にセラピーを施し、各チームの作業手順を見直す。それが彼の日課だった。

看護師は、すでにフールバルゲの知っていることを報告した――階上で叫んでいるのは、キルケナーから来ている会計士のヨハンセン。彼の症状は悪化しており、朝より夜のほうがひどい。オオカミが自分を殺そうとしているといつもぶつぶつつぶやいている。ある種のパラレル・ワールドに住んでいるのだ。

医師も看護師も、ヨハンセンに投与されているトリラホンの量は適切だ判断した。たとえ投薬量を増やしても害がないことをフールバルゲは知っていたが、様子を見ることにした。ヨハンセンの病状は、認知療法の領域をはるかに超えていた。クリスマスのあと、もしかしたら神の協力が得られるかもしれない。

「クリスマスのあとでもう一度検討しよう」とフールバルゲはつぶやき、悲観的な自分を力なく笑った。同じような状況をあまりに多く経験してきた。ヨハンセンのように自分の精神の中に迷い込んでしまった患者は、その大半がその中から戻ってこられない。

壁掛け時計に眼をやった。もうこんな時間か。妻との早い夕食のために一度は帰宅したものの、また仕事場に戻ってきてしまったことを一瞬後悔した。妻が食後のうたた寝をしだすと、病院に戻らなければならないという強迫観念に急に取り憑かれたのだ。

取り返しのつかないまちがいを犯してしまったという思いをどうしても振り払うことができなかった。アンデシュ・ラスクにクリスティアンヌ事件の再審請求を勧めたのがフールバルゲで、彼はそのことを充分すぎるほど理解していた。何年もまえ複数の殺人事件の犯人であることを唐突に認めたときと同じように、ラスクは彼に言ったのだ。〝クリスティアンヌを殺したのはぼくじゃない〟と。

そして今、同じ手口を使った新たな事件が起きた——幸い少女は生き延びたが。犯人の手口について、フールバルゲは長年のライヴァルであるルーネ・フラータンガー——国家犯罪捜査局、通称〈クリポス〉の心理学者——に確認した。詳細な犯行手口のうち唯一欠けていたのは、少女の手指の切断だったが、おそらく時間がなかったのだろう。ふたりは長年にわたってことごとく意見を異にしてきたが、フラータンガーはフールバルゲが必要としている情報を提供してくれた。精神医学というこの狭い世界の中、専門医はそもそも助け合わなければならないが、アンデシュ・ラスクに関することは、ことさら力を合わせる必要があった。

フールバルゲにはある思い——直感といったほうがいいかもしれない——を拭い去ることができなかった。今年の初め、再審請求に力を貸してほしいというラスクの遠まわしの訴えを撥(は)ねつけていれば、少女は今頃生死の狭間をさまよってはいなかったかもしれないという思いだ。ただ、今夜もう一度ここに戻ってきたのは、もっと嫌な直感のせいだった。ラスクは私をからかったのだろうか？　直感はまだあった。さらにひどい直感だ——もしかして、ラスクは外部の人間と連絡を取り合っているのだろうか？　一九七八年に彼がやりはじめたことをさらに続けている誰かが外にいるのだろうか？

フールバルゲはパソコンのまえに坐り、この一年のあいだにアンデシュ・ラスクがやりとりをした手紙のリストを印刷した。最重警備病棟に入院している三十人の患者に送られてくる手紙はすべて眼を通している。それは患者の精神状態だけでなく、やがて彼らが戻っていくかもしれない社会を心配してのことだ。ごく稀に患者が直接手紙を受け取ることが許されることもある。極悪なレイプ犯や殺人犯――ともに極度の精神障害と統合失調症を患っている患者――にも毎週のように手紙が送られてくる。そうした手紙は彼らを憎み、死んでしまえと脅す人々だけでなく、彼らのためならなんでもすると自己アピールする女性たちからも届く。

女性たちは住所も電話番号も隠さずに書き、その情報は入院中の受刑者にとって、社会に出たときに抑えがたい衝動の源になる。もっと言えば、強迫観念さえ植えつけることにもなる。その結果、彼らを崇拝する女性たちがわれ知らず自らの死刑宣告書にサインをしていたことになる可能性もある。もっとも、彼女たちに味わわせようと受刑者たちが夢見る数々の犯罪は、結局のところ、実行するチャンスもなく終わるのがほとんどだが。彼らの病状は基本的に深刻すぎる。だから、たいてい有刺鉄線の張りめぐらされた病院の中で一生を終える。

しかし、アンデシュ・ラスクは謎に包まれたままだった。その謎を解明するのには、病棟の中で過ごした長い年月も役に立たなかった。実のところ、病院の塀の中での彼の振る舞いを見ているかぎり、いつまでもここに留まるようには思えなかった。暴力的な妄想もここ数年のうちに大幅に減少し、正しい投薬治療のおかげで精神症の症状も抑えられている。どうやら、見るかぎり、もう頭の中で声が聞こえることもなくなったようだ。

しかし、それもそもそも彼が精神症を患っていたならの話だ。

過去四十年のあいだに、フールバルゲの探知能力（レーダー）をかいくぐった精神病患者もいないではない。公に認めたくはないことだが、それはまぎれもない事実だ。ほぼ完全なサイコパスを見分けるのは不可能に近い。自分の親友がサイコパス、ということもあるかもしれない。中には劇場の舞台に立つどんな役者よりすぐれた演技ができる者もいる。ただ、どんなサイコパスも六人の殺害をいとも簡単に自白したりはしない。それこそアンデシュ・ラスク最大の謎だ。

フールバルゲは、ラスクが受け取った手紙について考えた。

差出人が無記名だったことは覚えている。内容は暗号めいていたが、害はなさそうに思えた。ラスク宛の匿名の手紙は今までにも何通か届いていたが、そのすべての受け取りをフールバルゲは許可した。

もう一度あの手紙を読まなければならない。最初に読んだときには、大勢いるラスク崇拝者のひとりが送った手紙だと思った。が、ひょっとして、少女たちを殺害した真犯人からのものだったのか？　それとも、ラスクの共謀者からだったのか？　〈クリポス〉のルーネ・フラータンガーによれば、現時点ではあらゆる可能性を排除できないということだった。フログネル通りのアパートメントで少女を殺害しようとした犯人が、ラスクとつながっているという証拠はまだ何も見つかっていないということだ。

フールバルゲは、探していた手紙の日付を確認した。パソコン画面に表示されている「差出人」欄は空白だった。コメント欄には、〝手紙の中に日付なし。日付は封筒の消印から〟と書かれていた。その日付を見ると、三月二十二日。確か月曜日だ。消印はオスロ・メール・ターミナル。郵便局のことはあまり詳しくないが、おそらくオスロ中央駅の近辺にある郵便仕分け所に設置された郵便ポストのひとつに、手紙は入れられていたのだろう。つまり、犯人はオスロ在住か、オスロ勤務か。もちろん、捜査を攪乱するためにオスロまでやってきて投函したことも考えられるが。

唯一確かなのは日付だった。

ラスクの弁護士が自白の撤回を〈ダークブラーデ〉紙に持ち込んでから一週間を少し過ぎた日付だった。〝やっぱりクリスティアンヌは殺してない〟。翌日、新聞は一斉にラスクの再審請求を報じた。手紙はその次の週の月曜日にラスクに送られていた。数日間考えてから手紙を書いたのだろうか。

もちろん、ただの偶然だった可能性もある。が、フールバルゲはこういったことに対しては、純然たる科学者の感覚を持っていた。致命的なまちがいを犯したとあとから思うこともちろんあったが。以前、標準的な心理学指標に照らし、治癒診断した患者を退院させたことが二度あった。心の奥では危険性を感じながらも。二度とも最悪な結果に終わった――殺人とグロテスクなレイプ。今、アンデシュ・ラスクはクリスティアンヌの事件に関して、野放しされることに向けての小さな一歩を踏み出した。もし彼が勝訴すれば、ほかの裁判にも影響が及ぶ。患者たちはみな、自分たちの事件についても同じように証拠が不充分であることを知っているからだ。

あの手紙、とフールバルゲは思った。あの忌まわしい手紙。

定年まであと半年しかないというのに、彼は今苦境に立たされていた。このまま放っておけばいいことは自分でもわかっている。今はこの状況に眼をつぶり、あとは後任に任す手もないではない。が、彼は馬鹿ではなかった。もしそんなことをすれば、良心の呵責（かしゃく）が残りの年月を台無しにすることになるだろう。

昨夜少女を殺害しようとした男とラスクに手紙を送った者は同一人物なのだろうか。ふとそんな突飛なことを思った。が、思ったそばから否定した。そんなことを思いつくのは最重警備病棟の患者くらいしか考えられない。それほど突飛な考えだ。どう見ても。にもかかわらず、フールバルゲはその考えを無視することがそのあとできなくなった。

ラスクが郵便物をまとめて保管しているフォルダーがあることはわかっていた。

やるべきことはただひとつ。

明日、ラスクが作業場に行っているあいだに病室にはいり、手紙を探し出すのだ。

ラスクがすべての殺人を実行したか、それとも彼と近い関係にある誰かに手口を利用されたか。いや、もうひとつ可能性がある。殺人にはふたりとも関与しており、そのうちのひとりが野放しになっている。

これは、とっくに考えついていなければならないことだった。アンデシュ・ラスクはそのもうひとりと手紙を介してやりとりをしており、相手は毎回匿名で手紙を送ってきたのではないか。どうしてその可能性について今まで考えなかったのか。

それは、ラスクの逮捕以来このような手口で殺された者が誰もいなかったからだ。

フールバルゲは、郵便記録の「送信者」欄がアンデシュ・ラスクになっているデータを検索した。そして、一九九四年以降に彼が送った手紙のリストを印刷した。

9

除雪機のブレードの音が静寂を破り、オレンジ色の光がカーテン越しに点滅しているのが見えた。そのあと突然また静寂が戻った。

すでに雪はかなり積もっていた。考えただけで耐えられなかった。

エリザベス・トーステンセンはベッドの上で体を起こして坐り、ラジオ付きデジタル時計の時間をちらっと見た。そして、精神安定剤ヴァリアムの瓶に手を伸ばした。店舗の新聞売り場のまえで倒れたときに、かかりつけ医が処方してくれたものだ。

何錠飲めばいい？

すべてを終わらせるのにはこれでは足りない。

眠るために一錠？　でも、眠ることになんの意味がある？

昔の恋人がオスロの病院で麻酔専門医をしていて、睡眠薬のセコナールを処方してくれる。が、それはとても充分な量とは言えない。赤いカプセルを一回にひとつしか処方してくれないのだ。だから週に一度だけ、ヴァリアムを一錠飲んで二十四時間まるまる眠る。それで我慢しなければならない。

〝あの子の声〟と彼女は思った。最悪なのはその声を思い出せないことだ。

「クリスティアンヌ」と暗闇に向けて呼びかけた。ひとつひとつの音節が別々の歌のようだった。

静かにこのまま横たわっていればそのうち思い出すことができる、と自分に言い聞かせた。玄関ホールから聞こえてくる〝ただいま！〟の声を。床に落とされた鞄（かばん）の音を。家の中でも脱ぐことのなかった靴の音を。友達でいっぱいの部屋から聞こえてくる笑い声ときゃあきゃあ騒ぐ声を。豊かな巻き髪を掻（か）き上げる指を。夏の一日をクラーゲリョーで満喫したあとの塩水に濡（ぬ）れた髪を。

日中にうたた寝をしたとき、階段を上がってくる足音が聞こえることがたまにあった。あの子の足音。ただ、それがペーターの足音だとわかるたび、彼女の落胆はよけい大きくなった。

ベッドの上で起き上がると、ネグリジェが床に落ちた。一瞬、誰かに脱がされたような気がした。「いいえ」と彼女は小声でつぶやいた。「今、わたしはひとり」全裸のまま鏡のまえに立った。手首と足首の腫れはだいぶ治まっていた。少し痣（あざ）が残っているだけだ。彼は荒っぽくするのが好きで、彼女はいつもその望みに応じた。生まれながらにそうだった——非力で無抵抗だった。時々彼は一線を越えた。でも、それももう昔の話。昨夜の彼は疲れきっていた。彼の歳が感じられた。

彼女は昔から彼のようなタイプの男に惹かれた。もっと正確に言えば、彼女はそういうタイプの男を求めていた。彼にかつて惹かれたのも、そんなところがあったからだろう、プラスとマイナス。彼女がなりたいのはマイナスだった。それもとんでもないマイナス。

今の夫のアスゲイルはもう彼女に触れようともしない。だから、そう、その点は問題ない。いや、どちらかといえば彼女のほうが夫に触れていない。両手で自分の乳房を包み込んだ。まだ形がいい。かなりの費用がかかったけれど——めだたないように施したほかの部分の美容整形同様。彼女は、外見的な加齢に抗うことを自分に約束していた。いつかクリスティアンヌが玄関のまえに立つとき——もし帰ってくることがあるなら——あの頃と同じ自分でいたかった。

クリスティアンヌが戻ってきたんだわ、と彼女は思った。わたしがこの部屋から出れば、あの子は戻ってくる。

彼女は音をたてないようにアスゲイルの部屋のまえを通った。中から聞こえてくるいびきの低い音に嫌悪を覚えた。夫が彼女のことをまるで磁器人形のようにいまだに愛していることにうんざりしていた。アスゲイルは妻を抱きたがらない——もっと正確に言えば、もう抱くことができない。性的な存在であることを自分からもうやめてしまっている。それでもなお妻を愛する夫——死がふたりを分かつまで——のように振る舞っている。別の男に抱かれていることを重々承知しながら。昨夜どこに行っていたのかと訊くことさえもうない。昨夜、彼女の携帯電話が鳴っても彼の耳には聞こえていなかった。車庫から車を出す音も。

アスゲイルを裏切るのは簡単すぎて、もはや刺激的でもなんでもなかった。洗面所の薬品戸棚を開け、奥のほうから生理用ナプキンの袋を引っぱり出した。アルコール依存症の人がお酒の瓶を隠す方法と一緒、と思いながら、鏡に映った自分に笑いかけた。もともと開いていたビニール袋の口をもっと広げてから袋を振り、隠しておいた二枚のかみそり刃を取り出した。

手首に残っている傷跡にかみそりの角をあてて、注意深く引いた。手首の皮膚は前腕部のほかの部分の皮膚より薄かった。これからもずっとそのままだろう。幻痛が震えとなって体の中を突き抜けた。動脈を切り裂いたあのときのように。

よろめきながら床から立ち上がり、倒れるように流し台にもたれかかった。鏡に映った蒼白(そうはく)な顔に自分でも恐れおののいた。その顔はゆっくりとクリスティアンヌの顔に変わった。悲鳴をあげないよう、彼女は両手で口をふさいだ。そのとき、何度も何度も繰り返し起きたことと同じことがまた起きた。もういい加減わかってもよさそうなのに。

クリスティアンヌがひとりで長い列をなして彼女のうしろに立っていた。ばらばらにされたロシアのマトリョーシカさながら。解剖のときに撮られた写真と同じく全裸だった。あのとき、どうしても見せてほしいと懇願したのだ。でも、見た瞬間、彼女は悲鳴をあげた。あれは人生で最大の過ちだった。

いや、最大ではない。

クリスティアンヌの口の中から無数の蛇が湧き出し、両眼から血があふれ出した。エリザベスに向かって、何か叫びたそうにしていたが、かすかにゴロゴロという音がする以外、声は出てこなかった。やがてその白い死人の顔は毒蛇の巣に変わった。蛇たちは鏡に向かって血を吐きかけながら巨大化し、エリザベスの首を叩いたり先の割れた舌で背中を舐めたりしはじめた。

彼女は自分の顔を掻きむしった。翌朝くっきりと跡が残るくらい強く。

「やめて、やめて、やめて」と小声で言った。この白昼夢を彼女はこれまで何千回と見ていた。どうしてまだ慣れることができないの？　クリスティアンヌは危険な存在なんかじゃない。危険な存在であったことなど一度もないのに。

思いきって振り向くのよ。

彼女はゆっくりと振り向いた。

そこには誰もいなかった。

うしろに十人以上いたクリスティアンヌの亡霊はもういなかった。タイル張りの床はきれいなままだった。何日かまえに見たような血にまみれた足跡はなかった。黒い蛇が体じゅうに巻きついてもいなかった。

「空想しただけよ」と彼女は部屋に向かって言った。

どうしてあの忌々しい新聞は、わたしの娘の写真を載せなくちゃいけなかったの？　どうしてあの子のことを記事にしないといけなかったの？　あれじゃまるでみんなの眼のまえでもう一度殺されるのと変わらない。この国のすべての人のまえで怯えるひとりぼっちの少女が裸にされ、ばらばらに切断されるのと。

彼女はトイレットペーパーを長く切り取り、それでかみそりの刃を包んだ。バスルームを出ると、階段を降りはじめた。途中で立ち止まった。うしろから足音は聞こえてこなかった。クリスティアンヌは追ってきていないようだ。今夜は追ってこないで、と彼女は自分につぶやいた。お願いだから、今夜だけは。

書斎に寄って、その日の〈ダークブラーデ〉紙を取り、そのままキッチンに向かった。暖炉にはまだ残り火があった。ローズがフードの下で煙草を吸ったのかもしれない。それともクリスティアンヌが吸ったのかも。

いい加減にしなさい、気持ち悪いったらない。もうやめなさい。

彼女は新聞をめくった。アスゲイルがすでにクリスティアンヌの写真を切り取ってくれていた。四角い穴のへりを指でなぞった。そのあと包んであったトイレットペーパーを開き、かみそりの刃を一枚つまみ上げた。その刃で、記事を書いた記者の顔写真に切りつけた。フランク・クロコール――なんでいつもいつもクリスティアンヌのことを書くの？　写真の中の記者の首を切り裂いた。

そのあと夢遊病者のように階段をのぼった。暗がりの中、ペーターの部屋のまえで立ち止まった。遠くから、うなるような除雪車の音が聞こえた。雷鳴のようだった。刹那、もう二度と雷の音を聞くことはないと確信した。これが自分にとって最後の冬になると。ペーターの部屋のドアを開けた。部屋は必要以上に大きかった。甘やかされて育った息子。今はすやすやと眠っている息子。

音をたてないように、そっと床の上をすべるように歩いた。カーテンが閉まっていなかったので、街灯のやわらかな光に照らされた息子の顔が見えた。何分間か、息子のベッドの端に坐って深い寝息を聞いた。かみそりの隅を指でつまみ、それぞれ一枚両手に持って。

最後の最後で理性が勝った。

息子の頬にキスをして、彼女は「ごめんなさい」とつぶやいた。ペーターは実際には十二歳だが、体つきは十五歳と言っても疑う人はいない。それが今は子供らしい無邪気な寝顔で眠っていた。エリザベスは毛布を肩まで引っぱり上げ、やさしく髪を撫でた。

書斎に戻ると、パソコンの電源を入れた。モニターのブルーライトが窓ガラスに反射しているのを見て、慌ててカーテンを閉めた。

フログネル通りの家で起きた殺人未遂事件が、〈ダークブラーデ〉のウェブサイトのトップ記事だった。彼女は、画面に表示されているフランク・クロコール記者の両眼に指を押しあてた。現在の彼よりかなり若い、古い写真だった。

〝昨夜、若い娼婦の殺人未遂事件が発生。被害者は致命傷を負い、予断を許さない状況。エストランナ地域の病院に搬送されて入院中。現時点で、警察からはこれ以上の情報の開示はない。警察は、木曜日の午前二時にコート・アーデレシュ通りで目撃された男性との接触を試みている〟。

エリザベスは、画面に表示されている野球帽と黒いコートの男の写真を拡大してみた。しかし、写真は不鮮明のまま、よけいぼやけただけだった。

でも、そんなことはどうでもよかった。彼だとわかっていたから。ほかの人であるはずがなかった。

昔のようにラディソン・ホテルで会ったのだから。彼は午前三時まで来なかった。それとも四時？　思い出せない。

いいえ、ちがう。そのことだけじゃない。もっと恐ろしいことがある。はるかに恐ろしい何か。その昔、わたしもよく見つめられたものだった。だから、ああいう眼つきのことはよく知っている。彼はクリスティアンヌが十二歳か十三歳の頃からあの子を見ていた――わたしを見るときと同じ欲望の眼で。

もしかして、わたしには何も見えていなかったの？　わたしの母がそうだったように？

いいえ、いいえ、ふたりともあの子が狙いだったの？

いいえ、それよりもっとひどい、と彼女は思った。

あの頃、彼はあんなに歳を取っていなかった。

クリスティアンヌは、そんなに恐ろしいものを自分の中に抱えていたのだろうか。

あの家を売っていなければ、すぐにでも部屋に行って確かめることができるのに。あれはあの子の髪だった。クリスティアンヌの髪を見まちがえるはずがない。確かにクリスティアンヌの髪の毛だった。

あの土曜日、と彼女は思った。一九八八年の十一月。

何時に出かけた？　何時に帰ってきた？

彼女は〈ダークブラーデ〉のウェブページを閉じ、職業別電話帳（イエロー・ページ）で警察の緊急通報用の電話番号を調べた。まるで無重力の中を歩いているような足取りで廊下を歩き、固定電話のところまで行った。手に紙切れを大事そうに持って――生まれたばかりの赤ん坊のように。一九七三年のクリスティアンヌのように。

電話番号の最初の数桁を入力した。そして電話を切った。

なぜ話さなければならないの？

そんなことをしても、あの子は生き返らない。

それに、クリスティアンヌ自身も心の安らぎは得られない。あの頃も何も言わなかったのだから。

第一、何が言えるの？　きっと追い返されるだけ。皮肉なものね。

ラスク？　そもそもラスクなんかじゃないのに。

ラスク？　ばかばかしい。

彼女は手探りしながら廊下をさらに歩いた。真っ暗なので、見知らぬ家を歩いているのと変わらなかった。来客用のバスルームのドアが開き、敷居につまずいた。

笑みを浮かべながら鏡に映った自分を見つめた。どんどん醜くなっている。

「わたしはいつだってあなたより美しかった」鏡に映った自分に言った。

気づいたときには、コートを着て玄関に立っていた。黒い眼。クリスティアンヌの声——少なくとも、娘の声のように聞こえるかぼそい声、小学校に上がるまえの少女の声——が頭に響いた。ゆっくりと階段をのぼり、クリスティアンヌの部屋に行った。悲鳴をあげた。悲鳴あげたのは誰？

ここにはクリスティアンヌの部屋はない。ここは昔の家ではない。それでも、クリスティアンヌもそのうち自分たちがもうスコイエンブリーネ通りの家に住んでいないことを知るだろう。母親には新しい夫がいて、新しい人生があることを。それ自体もうずいぶん昔からのことだ。

トイレに行きたくなった。が、鏡のある部屋には絶対にはいりたくなかった。クリスティアンヌがまたうしろに立つのはわかりきっていた。

彼女は、床にくずおれるまえに大きな悲鳴をあげた。

ローズが部屋にはいってきたときにも、エリザベスはまだ床に倒れていた。ローズは彼女の横にひざまずき、やさしい声で言った。

「奥さま。大丈夫ですよ、奥さま」

「何も言わないで」とエリザベスは無表情に応じた。「アスゲイルには何も言わないで。約束して。また病院に送り返されちゃう。あそこはもう絶対に嫌。いいわね？」

ローズは彼女の額をやさしく撫でながら約束した。いつものように。

「ここを辞めないでね。絶対に辞めないで」

ローズはエリザベスを寝室に連れていき、服を全部脱がせた。全裸になった彼女の片方の腕を持ち上げ、痣を確かめた。

「誰にこんなことをされたんです？」そう言って、彼女の前腕を撫でた。

エリザベスは首を振りながら言った。

「そんなことは訊かないで。絶対に」

「横になって休んだほうがいいです」とローズは言い、ベッドまで連れていった。寝室のドアはエリザベスの望みどおり少し開けたままにしてくれた。

アスゲイルの目覚ましが六時半に鳴りはじめてもエリザベスはまだ起きていた。それから、彼を思いながら自分の体を愛撫しはじめた。土曜日からシャワーさえ浴びていなかった。誰にも痣を見られないように。

わたしは彼のためならなんでもする。ちがう？

10

自分の声で眼が覚めた。バーグマンは悲鳴を呑み込んだ。息が苦しく、鳥肌が立っていた。夢を思い出すと体が震えた。いつも見る悪夢——森の中で見た人形のような顔をした少女、手遅れで救えなかった少女——ではなかった。もっとひどい夢だった。はるかにひどかった。モノクロームの夢で、彼自身が棺の中に横たわっており、すんでのところで両腕を伸ばして棺の蓋が閉まるのを阻止した夢だった。

部屋の中を見まわした。息づかいはまだ荒かったが、なんとか肺に空気を送り込んだ。不安を覚えるほど広い部屋だった。静寂に包まれていた。見えるのは窓の外の雪だけ。サイドテーブルの上の電気スタンドをつけた。壁に掛かった時計が午前二時を示していた。

ここはＩＣＵか？　ちがう。そうではない。が、正確には思い出せなかった。ここに連れてこられてからまだ一時間か二時間しか経っていないというのに。今日が何日かさえ思い出せなかった。なぜここにいるのかも思い出せない。寝返りを打ち、しばらく横になっていた。明かりを消してもよかったが、つけておいたほうが安心できた。自分が死ぬ夢を見たのは初めてだった——しかも生き埋めとは。

廊下のほうから音が聞こえた。眼が覚めてから初めて聞く音だった。ドアが開く音に続いて、電動式のドアクローザーがドアを閉める音がした。それから注意深く歩く音。足音は彼のいる部屋のまえで止まった。ドアが一、二センチほど押し開けられたような気がした――一瞬、ドアの隙間から洩れた光のすじが床に見えた。

バーグマンはベッドの上で上半身を起こして息を止め、すぐにでも床に突っ伏すことができるように身構えた。水のはいったグラス、と彼は思った。あれを割って相手の咽喉に突き刺そう。

一分ほどその姿勢を保ち、ゆっくり鼻から呼吸した。

やがてドアは閉まった。

できるかぎり音を出さずにドアまで歩き、グラスを振り上げてドアを開けた。

まず左を見て、右を見た。

誰もいなかった。

そこにあったのは、果てしなく続いているように思える長い緑の床の廊下と、ひとつおきについている天井の照明の長い列だけだった。バーグマンは呼吸に意識を戻した。夢の中を歩いているような足取りで部屋の中に戻り、そっとドアを閉めた。今のことがほんとうに起きたことなのか、それとも想像しただけなのか、わからなかった。

窓のそばにしばらく佇んだ。雪はさきほどより激しくなっていた。西に向かって通りを走るまばらな車列を眼で追った。ヘーゲのことを思った。確かここの近く、ブリンダーンに住んでいたはずだ。おれは、ICUに入院している少女を今この瞬間狙っているかもしれない男と大して変わらない。同じだ。次にハジャのことを思った。彼女は、ヘーゲが去って以来、心を動かされた唯一の女性だった。昨年の夏、束の間だったが、関係を築くことができた。そのあと彼はろくな説明もなしに身を引いた。心の中で自分に言いわけをしながら。彼女の知らないことが多すぎる。絶対に知られたくないこと——とてもじゃないが、打ち明けられないこと——がおれには多すぎる。

「きみはほかの誰かに救ってもらえ」と彼は言った。「おれには無理だ」

肩を揺すられて、眼が覚めた。黒人の看護師が見下ろしていた。

バーグマンはまたうつらうつらした。

これも夢の続きだと思った。

もう一度、夢の中の自分と顔を見合わせた。人形のような顔の少女を殴り殺そうとしているのは彼自身だった。這って逃げようとしている血だらけの少女の姿と、看護師の姿が重なった。数秒のあいだ、夢と現実の区別がつかなくなった。

眼のまえの若い看護師がなにやら言った。南海岸の訛りがあった——彼女の口から夏があふれ出したかのように思えた。この部屋はどういう部屋なのか尋ねようとして、ようやくなんと言っているのか理解できた。

「彼女が眼を覚ましました」

シャツをズボンの中に押し込みながら、看護師のあとについて廊下を進んだ。廊下の突きあたりのドアのまえで、彼女はカード・キーをかざした。鍵はなかなか解除されなかった。カチッという解錠音が聞こえるなり、彼はこじ開けるように無理やりドアを開け、看護師を急かして階段を駆け降り、階下に急いだ。ICU病棟のドアのまえにたどり着いたのは、看護師のほうがさきだった。バーグマンは息を切らせながら、ICU内の廊下を速足で歩き、看護師のあとを追った。病棟内の照明がまぶしかった。ナースステーションの外に集まっている人だかりの中に、昨夜会った女医の姿が見えた。彼女と眼が合った。細めた眼の下に隈ができていた――たった数時間のうちにすっかり歳を取ってしまったかのように見えた。男性医師と話しているその表情は、以前にも増して深刻そのものだった。

どんな話をしているのか聞き取ろうとしたが、早口のやりとりの中身まではわからなかった。

「邪魔して申しわけないが」とバーグマンは割ってはいった。

「中にはいってもいいですよ」と男性医師が言った。バーグマンより年上に見えるその医師はそう言ってから、爪先から頭まで彼をまじまじと見た。

「何か話してますか？」とバーグマンは訊いた。

「支離滅裂で、ひとことも理解できないことをね。外国語です。スラヴ系のようだが、ポーランド語じゃないと思う」

「急ごう」とバーグマンは言った。看護師を押しのけてナースステーションにはいると、急いで防護服とヘアネットを身に着け、ふたりの医師に導かれて少女の病室にはいった。部屋の中は昨夜に比べるとかなり明るく、ベッドの向こう側にあるモニター類の表示を読み取るのが逆にむずかしくなっていた。少女は左右に身をよじらせていた。これまで見たことのない看護師が少女の上に屈み込み、手を握って額を撫でていた。

「大丈夫」とその看護師は言っていた。「大丈夫よ」

そのとき初めて、女医の戸惑いを見た気がした。少女は何かをつぶやきはじめたが、そのつぶやきに時折痛みのうめき声が交じった。努めて冷静になろうとしているようにも見えた——それとも、鎮静剤が強く効いていて話せる状況ではないのか。

胴に巻かれた包帯に血がにじんでいるように見えたが、気のせいかもしれない。彼女を覆っていた毛布が下にずれた。やはりそうだ。眼を凝らして見ると、傷口からまた出血しているのがわかった。彼は握りしめた拳をゆるめた。どんな外科医でも彼女の内部出血を止めることができない。そのことは心の底では彼も理解していた。

少女はもう少し大きな声で話しはじめたが、依然として支離滅裂だった。彼は看護師の横に立ってベッドの上に屈み込んだ。少女は眼を閉じたままだった。声はまた小さくなり、ほとんど聞こえなくなった。彼は看護師を押しやり、少女に覆いかぶさりながら屈み込んだ。

　彼女はさらに小声で何かつぶやいた。バーグマンは頬に少女の息があたるのを感じた。すでに死と腐敗のにおいがした。

　上体を少し起こそうとしたその瞬間、バーグマンは全身の毛が逆立った。

　少女がいきなりかっと眼を見開き、彼をまっすぐに見すえたのだ。その眼は灰色で、もはや命の気配を宿していなかった。

「マリア？」と彼女は小声で言った。

　バーグマンは黙って首を振った。

　少女はバーグマンのほうに片方の腕を伸ばした。点滴のチューブが抜けそうになった。それには気づかず、少女は彼の手を取り、握りしめた。バーグマンの手の中にすっぽり隠れてしまうほど小さな手だった。「マリア」と小さな声で繰り返す直前、もうひとつ別のことばを口にした。なんと言っているのか、彼にはわからなかった。〝エデル〟？

　ちがう。

　なんのまえぶれもなく少女が叫んだ。「マリア！」

　驚いたバーグマンはとっさに彼女の手を放し、一歩あとずさりした。

　少女はベッドの上に上体を起こして坐り、とても人間の声とも思えないような大きな悲鳴をあげた。病室の中に白と緑色の服がなだれ込んできた。彼は壁にぶつかるまでそのままあとずさりした。

悲鳴は突然やんだ。華奢な体が数回ぴくぴくと痙攣した。三十秒の混沌のあとは静寂が支配した。

「AED(自動体外式除細動器)!」と女医が言った。声は冷静だったが、彼女の手に負えない状況であることは明白だった。一瞬、何もできずに途方に暮れたような顔をした。それでもすぐに落ち着きを取り戻した。医師ふたりで短いやりとりをした。バーグマンは医療機器のモニターに眼をやった。すべて平らな線に変わっていた。少女の病衣が破られた。包帯だらけの体がベッドの上で飛び跳ねた。

バーグマンにはただ見ているしかできなかった。彼女の命が消えていくのをただ見ているしかできなかった。

「駄目。もう還らない」バーグマンが病室を出たあと、ドアが閉まるまえになにより聞きたくなかったことばが女医の口から発せられた。

彼はナースステーションの外の廊下に佇んだ。何もできず、ただ立ち尽した。書いた覚えのないメモを手に握っていた。ドア枠にもたれてマスクをはずし、手のひらを開いた。くしゃくしゃになった紙切れにはひとこと〝マリア〟と書かれていた。

「もう還らない」と彼はひとりごとを言った。

ICUを出た。白い防護服、ヘアネット、靴カヴァーのまま上の階まで階段をのぼった。

いくつか廊下を通ってみたものの、さきほどまでいた部屋にはたどり着けなかった。まだ午前四時半、ほかに人はいなかった。やがてひとりの看護師と出くわし、警察の身分証を置いてきた部屋が見つからないと説明した。彼女は彼が手に持っている紙切れを見つめた。なくすことを恐れるかのように、強く握りしめていた。

椅子の背にダウンジャケットが掛かっていた。

看護師が去ったあと、バーグマンは部屋の中を見まわした。ドアクローザーはかなり強力なもので、抵抗するには力が要ったが、ほんの少し開ける程度ならそれほど力は要らなそうだった。廊下に出てドアを閉じた。そして、昨夜と同じくらいドアを押し開けてみた。少し力を入れて押さないと、数センチの隙間はできなかった。つまり、多少の風や陰圧のせいで自然にドアが開くことはない。第一、この部屋は陰圧になっていない。彼はドアを完全に押し開けた。

昨夜、ここに来たのは誰だ？

それとも、夢を見ていただけなのか？

夜間に病院を訪れた者がいるかどうか、受付係の看護師に訊いてみることにした。ひょっとすると訪問者リストがあるかもしれない。

見ると、受付係の看護師は電話中で、受付カウンターのそばには看護師がもうひとりと用務係が立っていた。

一、二分待ってみたものの、受付係の看護師はバーグマンのほうを見もしなかった。そもそも、訪問者リストなどあるわけがないことはわかりきっている。仮にあったとしても、彼の探している相手が本名を名乗るはずもない。ただ、受付エリアの防犯カメラに映っている可能性はある。

彼は眼を閉じ、頭の中をすっきりさせようとした。新鮮な空気を吸ったほうがよさそうだ。「マリア！　マリア！」という少女の声が耳の中で鳴り響いていた。

病院を出て、タクシーを捕まえることにした。たとえ見つけるのに時間がかかろうと。正面玄関の自動ドアが開き、猛吹雪の中に一歩踏み出そうとしたそのとき、いきなり直感が働いて振り返った。

電話中の看護師と眼が合った。まるで彼が振り返るのを待っていたかのように。

しかし、すぐに視線をそらすと、電話の相手と会話を続けた。

11

ミョーサ湖はいくらか吹雪いていた。そのため景色の輪郭がはっきりせず、細部をぼかした印象派の絵画のようだった。

アルネ・フールバルゲは、病院の厨房の電子レンジで温めたクロワッサンを食べおえたところだった。スーパーマーケットの〈レマ1000〉で購入する真空パックのクロワッサンだけが、大都会の味わいを提供してくれる。世界じゅうのどこでも働くことはできたが、結局はこんな辺鄙（へんぴ）なトーテン地区の病院に行き着いた。

彼は十時五分まえにマネジメント会議を切り上げると、参加者を全員会議室から追い出した。ラスクは十時ちょうどに病室から作業所に連れていかれ、そこで昼食までの二時間作業に勤しむ。つまり、フールバルゲはラスクの部屋の捜索に最低でも二時間は使えるということだ。誰かに手伝ってもらえばもっと短時間ですむかもしれないが、危険は冒したくなかった。受け取りを許可した手紙を本人の同意なく見るのは違法行為だ。

急いで階段を上がった。三階に着くと、歩をゆるめた。心拍数は上がっていたが、呼吸が乱れることはなかった。昨年受けた膝の手術以来かつてのように走れなくはなったが、七十歳まえのたいていの人より健康体でいられるよう、運動は常日頃心がけている。

病棟に通じる警備用通路の手前でナースステーションにはいり、ラスクがすでに作業所に連れていかれたのを確認した。それから、ラスクの病室の監視カメラを消す指示を出すよう、その時間帯の責任者に命じた。

「質問は受けつけない」とも言った。

リングヴォル精神科病院に勤めはじめてから二十年になるオーレ・マルティン・グスタフセンは、口をつぐむべきときをきちんとわきまえている警備員だった。

最初のドアまでは若い男性の派遣看護師がうしろからついてきた。できればひとりで行きたかったが、それだけでも規則違反だ。派遣看護師は背が高く屈強で、フールバルゲとしては心強かった。精神科医としての長い職歴の中で、生命の危険を感じたのは一度や二度ではない。昔はそういうことがあっても特に気にしていなかったが、それは患者数に比べて職員の人数がはるかに多かった時代の話だ。今は予算削減のせいで、安全ぎりぎりのところでの運営を余儀なくされている。警備病棟では、ひとりの患者に対してふたりの職員しか雇えないのが現状だ。フールバルゲとしてはそれが耐忍できる限度だった。それ以上は無理だ。もちろん、彼も、この国の政治家たちも、制服を着た警備員が病院内をパトロールすることを望んではいない。だからといって、安全な職場を実現するための充分な予算が確保されなくてもいいことにはならない。それが現状なのに、新規雇用者に対する護身術訓練の予算さえ削減されようとしている。

フールバルゲはドア横の光学式スキャナーにアクセスカードをかざし、四桁の暗証番号を打ち込んだ。次は、三十秒以内にふたつのアナログの鍵を使って、鋼鉄製の扉を開けなければならない。鍵は彼も持っていたが、解錠はわざと看護師にさせた。

閉まらないように派遣看護師が押さえてくれている扉を通り、フールバルゲはカメラで監視されている通路に足を踏み入れた。彼らのうしろで鋼製扉が閉まると、看護師はすぐに二個所の鍵をかけた。約二メートル先にも同じような扉があり、第一の鋼製扉が施錠されていないと解錠できないしくみになっている。ナースステーション内にあるスウィッチを押さないかぎり、ふたつの扉を同時に解錠することはできない。

それでも、ときとして思いもよらないことが起きる。誰かがそのスウィッチを押さないともかぎらない。しかし、警備病棟の職員には徹底した身辺調査がおこなわれており、それは患者に対する調査より厳しいこともある。

だから、絶対にそんなことは起こりえない。

ふたつ目の扉の先は何もないがらんとした廊下だ。廊下の突きあたりの左側にあるのがアンデシュ・ラスクの病室で、ミョーサ湖とは反対側にあった。ラスクは、湖が見える側の部屋への移動を求める要望書を四半期ごとに提出しつづけているのだが、その都度フールバルゲは却下していた。ほかの患者への影響をその理由にして。ミョーサ湖に面した病室にいる四人の患者からその病室を取り上げると、彼らを動揺させる危険がある。もちろん、それがただの口実であることはラスクにもよくわかっていた。

そもそも要望自体真剣なものではなく、ラスクのゲームだった。彼は直接フールバルゲに問題を投げかけることはせず、必ず弁護士を介して手紙で伝えてくる。もっとも、そのあたりのことはフールバルゲのほうも心得ていたが。病室のことなど、ほんとうはラスクにとってどうでもいいことなのだ。フールバルゲを悩ませるためのこれまた口実なのだ。一番問題なのは、ここ数年のラスクの病状が警備病棟に入院が必要とされる基準に達していないことだった。法律の専門家の話では、彼が精神科治療の刑に処せられたのは、殺人を犯した時点で精神異常をきたしていたからなのに、二〇〇四年の今、精神異常を示す兆候など少ないどころか皆無なのだ。だから理論上は、彼の模範的な行動から判断すれば、開放病棟に移しても問題はなかった。警備病棟から出たいというラスクの要望をフールバルゲが拒みつづけている唯一の理由は、ただの直感だった。フールバルゲは、これまで遭遇した中でラスクというのは誰より計算高いサイコパスなのではないかと思うことがよくある。とはいえ、どれほどうわべを取り繕おうと、いずれはほころびる。彼はそう確信していた。そのほころびが開放病棟に移ったあとに生じたら、とんでもない結果を惹き起こしかねない。なのに、万が一ラスクがクリスティアンヌ殺害に関して無罪にでもなったら？開放病棟への移動を阻止するのはさらにむずかしくなるだろう。さらに、開放病棟に移れば外出も許可されるだろう。そんなことになったら、ラスクがリングヴォルに戻ってくることはもう二度となくなるだろう。

通路はモップがけされたばかりらしく、洗浄剤のにおいが鼻を突いた。そのせいで少し気分が悪くなった。彼はラスクの病室のドアについている小窓を開けた。プラスティック製の鏡が部屋の左隅に取り付けられており、ベッドと鉄製のトイレが映っていた。フールバルゲは腕時計を見た。二時間あれば充分だ。

「終わったら声をかける」と彼は派遣看護師に言った。ドアはうなるような音をたてて閉まり、電気ストライク錠がかかった――この小さな金属の塊が、世界をラスクから守っている。それともその逆か。

彼はまず壁に埋め込まれた本棚に直行した。角が丸められた本棚の上の二段には、本がぎっしり並べられていた。いささか矛盾を覚えた。部屋の中には、尖ったものや割ることのできるようなものは一切ない。もっとも、哲学者カペレンの古い著書に使われている紙は非常に鋭利で、ラスクが自分を傷つけようと思えばできないこともなかったが。いずれにしろ、フールバルゲはその参考書もほかの本もラスクから取り上げることはしなかった。ナルシストのアンデシュ・ラスクが、自殺したり自分を傷つけたりするなど絶対にありえない。

手紙は必ず見つけ出す、と彼は胸につぶやいた。

棚の紙の束を取り、ぱらぱらとめくって調べた。

手紙はなかった。

ラスクは受け取った手紙類を、丁寧に日付順にしてフォルダーにしまっていた。そのフォルダーも細心の注意を払って調べた。塀の中と同じくらい外にも狂気があふれている。ラスクは、無防備な少女たちを残虐な方法で殺して有罪判決を受けた。にもかかわらず、女たちは列をなして彼と結婚したがっている。

あらかじめ印刷しておいた郵便記録を取り出し、フォルダー内の手紙と日付と照らし合わせてみた。

「ない」と彼は小声でつぶやいた。

あの手紙はここにはない。ここにない理由はただひとつ。ラスクは予測していたのだ。新しい殺人事件が起きることを。ひょっとすると、クリスティアンヌ事件の再審請求を弁護士に依頼することで、今回の事件を誘発しようとした可能性すらないとは言えない。さらに、フールバルゲがこうして自分の病室にはいり、手紙を調べることまでわかっていたのか。

「あのクソ野郎」と彼は吐き捨てるように言った。

いつもポケットの中に入れてある小さな手帳を取り出し、三十分かけて本棚の様子をスケッチした。――本の配置、バインダーの配置。描きおえると、おもむろにすべての本を棚から取り除いた。

もはやあと戻りはできない。およそ四十冊の本のページを一枚ずつめくっていった――二度も。

何も出てこなかった。

『カプラン&サドック精神医学総合テキスト』の第一巻を手に取り、もう一度調べはじめた。ラスクは、精神医学書を何冊も所持していた。すべて納税者が払った税金で買ったものだ。フールバルゲは時々思う――自分が優位な立場にいるとしても、ただ合法的に力を行使できるとか、アンデシュ・ラスクのような人間に投薬治療を施せるとか、ただそれだけのことだ。精神医学を語らせたら、むしろラスクのほうが上なのではないか。

改めて病室の中を見まわしてみた。手紙を隠せそうな場所はほかになかった。壁に取り付けられているカメラのライトが、赤く点灯していないことを確認してから、彼はベッドのシーツを剝がした――ラスクの精液がこびりついていた。思わず体が震えたが、そのまま続けた。

手紙はどこにもなかった。枕カヴァーの中にもシーツの下にも。

昼食までの時間を計算し、マットレスの中身を取り出す時間はまだあると判断した。カヴァーを引き剝がしはじめたものの、きつく密着しており、途中であきらめそうになった。それでもなんとか水色のカヴァーを完全に剝ぎ取った。それでも手紙は見つからなかった。フールバルゲは大いに落胆した。そこでマットレスにカヴァーをかけ直している時間はないことに気づいた。

時間がない、散らかった床を見ながら彼は思った。こんなところをラスクに見られるわけにはいかない。マットレスをもとどおりに戻すのには、どのくらい時間がかかるだろう？

マットレス・カヴァーはそのまま放置し、ベッドを横に倒してみた。ベッドの枠は金属製だが、中は空洞だ。数分かかったが、ベッドの支柱の底にかぶせてあるゴム栓を取ることができた。

ドアの呼び出しボタンのすぐそばまで行った。警備員を呼ぼうと思ったのだ。が、そこで気が変わった。そのかわり整理箪笥（たんす）のところまで行き、きれいに洗濯され、アイロンがけされた服を何枚かつかんだ。ほとんど同じようなチェックのシャツに下着にソックス。

「何もない」と彼は言った。「何も！」次に、ラスクのスクラップブックを手に取った。ラスクは国立図書館から、自分が有罪判決を受けた六件の殺人事件についての新聞記事のコピーを取り寄せていた。捨ててしまった記事もあったが、それ以外はこの大きなバインダーにきれいに貼り付けてあった。フールバルゲの娘たちがまだ小さかった頃、学校で使っていたのと同じ種類のバインダーだった。

誰かがドアをノックした。フールバルゲは心臓が止まるかと思った。赤い装丁の分厚い『法の書』を持って坐ったまま、石化したように凍りついた。その本——ここ数年のあいだ、ラスクは自分にとってのバイブルだと何度も言っていた——を執筆したのはアレイスター・

クロウリーという名のイギリス人で、ラスク以上に精神に異常をきたした男だった。本の冒頭の文章をラスクは頻繁に引いた――〝本書は宇宙について説明している〟。しかしオカルト信仰者でもなく性的倒錯者でもないフールバルゲは、これまで頑なに読むことを拒否していた。

スーツの下が汗まみれなのに、不意に気づいた。頭からも汗が流れ落ちていた。一粒の汗が血のように赤い表紙に落ち、黒い染みとなって残った。

〝メドゥーサ〟。

あの手紙の中に似たようなことばがなかったか？　〝メドゥーサの涙〟？

彼は本棚から別の本を取ってページをめくろうとしたが、指が言うことを聞かなかった。

「大丈夫ですか？」派遣看護師の声がスピーカー越しに冷たく非現実的に聞こえた。

「ああ」とフールバルゲは言った。

「あと十分で昼食の時間になることをお知らせしようと思いまして」

「手伝ってほしいんだが」とフールバルゲは声を落として言い、頭を垂れた。まるで処刑人のまえに首を差し出してでもいるかのようだった。

ドアがうなるような音をたてた。

派遣看護師の眼が大きく見開かれた。

十二時まであと十分。

もしかしたら今日は、ラスクは腹がへっていないかもしれない。もしかしたら今日は、一緒に食事をすることを許されている三人の囚人仲間のひとりに昼食時に講釈を垂れる気分ではないかもしれない。

「質問はなしだ。きみはこれを見なかった。いいか？」

「わかりました」

「名前はなんといったかな？」

「フレドリクセンです」

見るからに想像力がなさそうなタイプだ、とフールバルゲは思った。彼の契約を更新しないことを即断即決した。

「すばやく動かないといけない。手紙を探してるんだが、まあ、見つからないだろう」看護師に笑いかけようと思ったが、ますます切羽つまった気持ちになった——救いようのない馬鹿な老いぼれにまた一歩近づいてしまった。

フレドリクセンの助けを借りて散らかったものを片づけ、マットレスにカヴァーを掛けおえると、最後にもう一度部屋の中を見まわした。病室は、最初にはいってきたときと変わっていないように見えた。

「他言は無用だ、フレドリクセン」一緒に病室を出ながら彼は言った。

看護師は必要以上に長く彼を見つめてから言った。

まった。

「手紙がどうかしたんですか？」

「いいや。なんでもない」

若い看護師は静かに笑った。契約を更新しないというフールバルゲの気持ちはさらに固まった。

その夜帰宅しても、フールバルゲは妻とおしゃべりを愉しむ気分にはなれなかった。「クリスマスはどこかに行きたいわ」夕食をつつきながら彼の妻は言った。まるで食べものを無理やり押し込んでいるかのように、彼は機械的な動作で料理を口に運んでいた。

「ねえ、今言ったこと聞いてた、アルネ？」

彼は手紙の文面を思い出そうとしていた。同時に、もうあきらめざるをえないと思ってもいた。いつかは見切りをつけなければならない——患者にはいつもそんなふうに言ってなかったか？　もちろん重症の患者にではないが、普通の生活に戻れるのではないかと、わずかながらも希望を抱いている患者にはそう言っていた。

「クリスマスか」と彼は言った。「どこかに行こう」

「期待してるから」と言って、彼の妻は笑みを見せた。はるか昔、なぜ彼女に惹かれたのか思い出させるような笑顔だった。

妻は九時には床についた。フールバルゲはチャイコフスキーを聞きながら遅くまで起きていた。ウィスキーを二杯飲むと、やけに感傷的になり、涙がこぼれ出した。娘たちのことを思った。すでに大人になり、今ではそれぞれに子供がいるが、彼にとってはいつまでも小さな女の子だ。フログネル通りの少女のことを思った。クリスティアンヌ・トーステンセンのことも。ほかの五人の少女たちのことも。

「私はまちがいを犯すわけにはいかない」思わず声に出して言っていた。気づくと、クリスタルのグラスを持つ手に力を込めていた。割れそうなほど。

眠りについたのは明け方近くだった――ベッドにはいるまえに、マレーシアのランクアイ島での二週間の旅行を予約した。かなりの出費になるが、妻の期待には充分応えられるはずだ。ラスクを勝たせるわけにはいかないと思ってはいたが、今となってはなりゆきに任せるしかないといった気持ちにもなっていた。

たとえ何人かの生命が犠牲になろうと、なるがままに任せるしかない。ポンティオ・ピラト（イエス・キリストを磔の刑に処したとされるローマ帝国のユダヤ属州総督）はろくな人生を歩まなかったかもしれないが、少なくとも生き延びた。

翌朝、車でリングヴォルに向う途中、雪は昨日より積もっていた。

「きっと私の思い過ごしだ」と彼は自分につぶやいた。

自己欺瞞（ぎまん）ほど哀れなものもない。

アンデシュ・ラスクは自分の知識をひけらかしたい男だ。何か理由がなければ、手紙を隠したりはしない――ましてびりびりに破いて夜中にこっそりトイレに流したりもしないだろう。よほどの理由がないかぎり。

12

バーグマンは画面から眼をそらした。この防犯カメラの映像を何度見直した？　このまま こうしてクリスマスまで坐っていても真相には近づけそうにない。映っているのは、午前一時五十九分に、〈ポルテ・デ・センシス〉からドラメン通りに向かって、コート・アーデレシュ通りを歩いている男の姿だけだ。少女が殺されかけた同じ夜に。

いや、少女が殺された夜だ、とバーグマンは思い直した。

彼女は死んだ。彼の眼のまえで息を引き取った。なのに、警察が持っている情報といえば、野球帽で顔が完全に隠れている男の二十秒間の映像だけだ。ただ単に帰宅途中なのかもしれない。その男がそんな時間まで何をしていたにしろ、事件とはなんの関係もないのかもしれない。

ストリップクラブ〈ポルテ・デ・センシス〉の経営者であるミロヴィッチと殺害された少女との関連は、いまだに見いだせていない。この点に関しては、検事正との口頭の約束があろうとなかろうと関係ない。たとえあっても、ミロヴィッチは札付きの悪党ではないか。

野球帽の男について、信頼に値する手がかりは一切得られていない。いつもの〝最後の審判の予言者たち〟――なんでも見た気になりたがる連中――がたわごとを言いふらしているだけだ。男を見た者がいるとすれば、〈ポルテ・デ・センシス〉の客だけだろう。しかし、そういう連中は違法なクラブで違法なことをして夜を過ごしたと認めるより、口をつぐむほうを選ぶものだ。

フレデリク・ロイターは、まるでもうあきらめてしまったかのような芝居がかった声で事件の詳細を改めて述べた。時間経過、現場状況、近所の訊き込み。復唱のための復唱。少女の身元が判明しないかぎり、さきに進むことはできない。

バーグマンは、向かい側に坐っているスサンヌ・ベックと眼が合った。さきほどから、彼女は妙な表情を浮かべてスヴァイン・フィンネラン検事正を見ており、内なる感情と闘いながら、必死に平静を装っているように見えた。その悲しげな眼を伏せて手帳に何かを書き込むと、そのあとは携帯電話を手に取って長いこと見つめている。まるで意味不明なメールを受け取った人のように。元夫と喧嘩（けんか）でもして、痛いところをメールで突かれでもしたのだろうか。

「少女はなんて言ったんだっけ、トミー？」

「はい？」とバーグマンは応えた。

プロジェクタースクリーンの近くに坐っているロイターが彼を指差していた。「マリア？」

「そうです。マリア」

「ほかには何も？」

「マリア以外にひとことだけ。でも、なんと言ったかは聞き取れませんでした。外国語だと思います。もしかしたらリトアニア語かもしれません」

「マリア」とロイターは自分に言い聞かせるように言った。「彼女が何語を話していたかは今日じゅうに判明するだろう」

バーグマンは眼のまえに置いてある音声レコーダー〈ディクタフォン〉の再生ボタンを押した。

数秒間、部屋は静寂に包まれた。

まずは数人の話し声が遠くのほうで聞こえはじめた。次に少女の静かなひとりごとが続き、「マリア」と言うのが聞こえた。

そのあと突然の悲鳴。

バーグマンは眼を閉じた。あのときと同じように、壁に投げ飛ばされたような感覚を覚えた。

「マリア！」

その少女の悲鳴にも似た声には誰もが愕然（がくぜん）とした。悪魔を見たかのような悲鳴だった。

ロイターは頬杖をついてテーブルを見ながら、かすかに首を振った。

女性の警察本部長ハンネ・ロダールは老眼鏡を弄んでいた。「マリア」とひとりごとを言っているのが、口の動きでわかった。ハルゲール・ソルヴォーグは、今目覚めたばかりのような顔をしていた。捜査の責任者である彼はもちろん起きていたが。本部長になにやら耳打ちした。本部長は顔をしかめた。

「何をこそこそ話してるんだ！」とフィンネラン検事正が怒鳴った。午前中よりさらに機嫌が悪そうだった。ミロヴィッチと取引きをしていちかばちかの賭けに出たものの、なんの成果も得られなかった。アンデシュ・ラスクの再審請求は受理され、その上新しい殺人事件まで抱えているのだ。機会さえあれば世界征服を目論んでいる野心家のフィンネランにとって、これ以上悪い状況はないだろう。

「巻き戻してくれ」とソルヴォーグが言った。

「なんでだ？」とロイターが尋ねた。

バーグマンは〈ディクタフォン〉を取り上げて再生を止めた。そっけなく指示している医師の声が聞こえなくなった。

「〝マリア〟と言うまえまで巻き戻してくれ」とソルヴォーグは言った。

バーグマンは言われたとおり巻き戻した。

少女はひとことつぶやいたが、バーグマンには解読できなかった。

「なんと言ってるんだ？」とフィンネランが尋ねた。

「静かに」とソルヴォーグが手を上げて言い、〈ディクタフォン〉をつかむと、もう一度巻き戻した。

　音声が再生されると、部屋の中はさきほどよりさらに静かになった。ふたこと——おそらく同じことばの繰り返し。そのあとで「マリア」、そして最後に叫び声の「マリア！」

　ソルヴォーグは再生を止めて言った。

「〝エードレ〟。彼女はそう言ってるような気がします。それとも、そう聞こえるのはおれだけ？」

「ううん」とロイターが言った。「おれにはなんとも言えん。〈クリポス〉もこの録音からは何も導き出せないんじゃないかな。いずれにしろ、おれにはわからない」

「聞き覚えがある気がします。エードレ・マリア。どこかで聞いたような気が——」とソルヴォーグは言った。

「〝マリア〟のまえには何も言ってない」とフィンネランが言い、わざとらしく鼻を鳴らして続けた。「少なくとも私には何も聞こえない」

「おれも、〝マリア〟としか言ってないような気がする。それとも〝アヴェ・マリア〟と言いたかったんだろうか」とロイターが同調して言った。「イエス・キリストはそういう名の痩せっぽちのユダヤ人少女の股のあいだから生まれたわけだが、ハルゲール、まあ、考えられるとしたら、彼女の母親か姉妹の名前か」

　フィンネランが口を開いて何か言おうとしたが、どうやら気が変わったようだった。

「そうですね」とソルヴォーグは言った。「でも、なんか違和感がある」そう言って、椅子に坐ったまま頭を垂れた。その姿は、まるで先生にとっておきの話をしようと意気込んだものの、急になんの話をしようとしていたのか忘れてしまった小学生のようだった。

「歯切れが悪いな」とフィンネランが言った。シャツに脇汗が染みているのがバーグマンからもはっきりと見えた。その染みは腕を動かすたびに広がっていた。フィンネランは細身の筋肉質で、少年のような外見で、心拍計をつけて週に六日は筋トレをするような男だ。つまり、どこにでもいるようなありふれた男だ。バーグマンは、自分が仕事を始めた頃には存在すらしていなかったこういうタイプの人間が、ますます増えてきているような気がした。

「ここ警察本部でのおれの最初のボス。彼のことは覚えてると思いますけど、ハンネ」とソルヴォーグが本部長のほうを向いて言った。「ローレンツェンは、当時の殺人課のトップだった。そう、彼が〝エードレ〟という名を口にしたことがある。それを今思い出しました。ああ、まちがいない。一度、いや、何度か聞いたような気がする。でも、もしかしたら〝エデル〟か〝エレン〟だったかもしれません。一九七〇年代のことです。覚えてるかぎり、そのミドルネームがマリアだったはずです」

フィンネランは忍耐の限界に達しているようだった。〈クリポス〉のプロファイリングチームの心理学者ルーネ・フラータンガーはシャツの袖をまくり、手帳に何か書き込んでいた。バーグマンも同じようにメモを取っていた。ハルゲール・ソルヴォーグについてはいろいろ不満はあるものの、彼の言うことはおおむね真面目に聞かなければならない。長年のつき合いからそれは断言できた。

「わかった」としぶしぶフィンネランは言った。「突拍子もないことのように思えるが、ソルヴォーグ、ローレンツェンについては調べさせよう。そうすれば、今どこにいるか、そもそもまだ生きているのかどうかもわかるだろう」

「彼は十年まえに亡くなったわ」と本部長が言い、ソルヴォーグに続けるようにとうなずいた。

「ローレンツェン――おれたちはロレンツと呼んでた――が北方のどこかで起きた殺人事件のことをおれたち数人に話してくれたことがあるんです。少女がかなり残酷な方法で殺された事件だったけれど、犯人は捕まらなかった。忘れることができない事件だったと言っていたのを覚えてます。そのときの被害者の名前がエードレ・マリアだった。これは確かです」

「相当望みは薄いが、ソルヴォーグ、それでも調べてみよう。北方でマリアにしろ、マリアに似た名前にしろ、そういう名の人物が殺されたかどうかくらいは調べがつくだろう。そのエードレ・マリアの事件が起きたのは、いつのことだ？　あるいはエレンにしろ」

「いや、エレンじゃなかったと思います。時期としては六〇年代のいつかだと思います。場所はノルウェー北部」

「誰かこの事件のことを覚えている者はいないかな？　多少の騒ぎにはなったと思うんだが」

「その頃のノルウェーは、ふたつの国に分かれているようなものだった」とフラータンガーが言った。「トロンヘイムより北で起きたことには、ここの人間はほとんど、いや、まったく興味を示さなかった」

「そのとおりです」とソルヴォーグが言った。「はるか北のスンモーレからやってきたおれたちには、誰も興味を示してくれなかった」

「では、誰も事件のことは覚えてないんだね？」

「ええ」とハンネ・ロダール本部長が言った。

「ほかには？」とフィンネランは訊いた。「心当たりは？」

フラータンガーが両手を振り上げて言った。「お手上げです」

フィンネランは深くため息をついた。「直感に頼ってばかりじゃまえに進めない」そう言ってまた息を洩らした。ソルヴォーグのことをまるで学習しない子供だとでも思っているかのように。「まずはローレンツェンの個人ファイルを探してくれ、ソルヴォーグ。見つかったら知らせてくれ」

「よろしくね、ハルゲール」とハンネ・ロダールが言った。「もしかしたら検討はずれなことじゃないかもしれない」

「今考えると、ミドルネームは〝マリエ〟だったかもしれない」とソルヴォーグは言った。

「〝マリア〟じゃなくて」

「今さらなんだ？」とフィンネランが苛立たしげに言い、腕を持ち上げ、腕につけた心拍計を見た。

「こんなことをしている時間はない。なんで東欧から連れてこられた十四歳の少女が、ヨックモックくんだりで起きた殺人事件に関わりのある名前を叫ぶんだ？」

「少女は単にカトリックだっただけなのかも」と自信なさそうにソルヴォーグが言い、鼻を鳴らし、ひとり笑いをした。彼の頭皮に粒のような汗が噴き出しているのが見えた。その一粒が額から眉まで垂れた。フィンネランから遠慮会釈なくその汗を指摘され、ソルヴォーグは着古したカーディガンのポケットからハンカチをなんとか取り出した。

バーグマンは手帳に大文字で書いた。〝マリア。エードレ・マリア？〟。

13

セラピールームから出てきたばかりの患者にこそセラピーが必要かもしれない、とアルネ・フールバルゲは皮肉っぽく思った。強烈な光のせいで壁紙のピンクが病的な色に見えた――まさに吐物を思わせる色だ。何年かまえに大いに経費を注ぎ込んで部屋の内装を整えたのに。今では我慢できなくなっていた。唯一の救いは、部屋がミョーサ湖に面していることだ。今も太陽が湖面を照らし、周囲に雪原が広がっている。冬の光には北欧の国にしかない鋭さがある。こういう日にはいつも思う。地球上でこれほど美しい国はほかにはないと。マレーシアで過ごすクリスマス休暇に、どうして六万クローネも使う必要がある？

彼は眼のまえに坐っている男に意識を戻した。アンデシュ・ラスクは、〈クロックス〉のサンダルを履いている自分の足元を見下ろしていた。今日はクリスティアンヌ事件の再審のことしか話したくないらしく、ほかの話題にはまるで興味を示さなかった。フールバルゲはテーブルの上にペンとノートを置き、ふたりの男性看護師と視線を交わした。そのうちのひとりは派遣看護師のフレドリクセンだった。また彼と顔を合わせることになるのは、フールバルゲにしても気まずかった。呪われたあの手紙を探したあの日、いっときのことではあったにしろ、明らかにフールバルゲは常軌を逸していた。

窓辺まで歩いて、思いをめぐらせた——ラスクはテーブルの上のペンを奪って看護師たちの首を突き刺し、鉄格子入りの窓めがけて私を投げ飛ばすかもしれない。

「どうして開放病棟に移してもらえないんです？」背後からラスクの声がした。

フールバルゲは答えなかった。が、この件についてラスクから直接訊かれたのは今回が初めてだった。何か企んでいる、と彼は思った。ラスクには最近きっと何かあったのだろう。

「ぼくを移さないと、後悔することになりますよ」とラスクは言った。

「どうして？」

「ぼくはただ人間らしく扱ってもらいたいだけです」

「ここでも充分に人間らしく扱われてるよ。マリア」とフールバルゲは言った。「その名前を聞いて、何か思いあたることは？」

そう言って、ラスクのほうを向いた。

「イエス・キリスト」

「ほかには？」とフールバルゲは慎重な笑みを浮かべて尋ねた。

ラスクはまっすぐまえを見すえたままだった。表情に変化はなかった。「それはそうと、ぼくの部屋を家捜ししたのはどうしてなんです？」

フールバルゲは呼吸が乱れないように注意した。なんでわかった？

「そんなことはしていないよ」

「クロウリーの本が参考書の反対側に置かれてあった。あなたはまちがえたんですよ」

フールバルゲは答えないことにした。

「もしかして、本棚の本の並びをスケッチしました？」ラスクは笑みを見せた。その眼は死んだ魚のようにどんよりしていた。

医師は思わず身震いをして、震えに気づかれなかったことを願った。

「そういうときは、携帯電話で写真を撮るべきなんです」ラスクは子供のような笑顔になった。「まずあなたは『法の書』の置き場所をまちがえた。そして、今はマリアについてぼくに質問をしている。それはマグダラのマリアのことなのか？　それとも聖母マリアなのか？」

彼はまだあの手紙を持っている、とフールバルゲは直感した。が、もうこっちが手に入れることはできないだろう。もしかしたら、びりびりに破いてもう破棄してしまったかもしれない。

「エードレ・マリアは？」と医師は訊いた。

ラスクの表情に変化はなかった。この会話にはまるで興味がなさそうだった。

「私がこう言ったらどう思う？　きみは生まれてからこれまで一度も人を殺したことはない、と」

「あなたは無残な死を遂げる」ラスクはそう言うと、少女のように静かに笑った。

フールバルゲは眼を閉じた。ため息が洩れないように気持ちを集中した。今ついに、ラスクは今もなお残虐な妄想を抱いていることを白状したのだ。そのことに、フールバルゲはむしろある種の安堵を覚えた。ラスクの殺意が直接フールバルゲに向けられたのは、このときが初めてだった。

「こんなきみを見るのは、かなり久しぶりのことだ、アンデシュ。今みたいな発言をする人間を開放病棟に移動させるわけにはいかないよ。たとえきみが有罪判決を受けた事件すべての再審請求が受諾され、無罪になったとしても。それは理解できるね？　なんでさっきあんなことを言った？」

「あなたは死ぬまでぼくをここに閉じ込めておきたがっているから。だから、あなたにはさきに死んでもらわないと」

「今日はこれで終わりにしよう」

「本気で言ったんじゃない」

「今日はこれで終わりだ」

ラスクは何も言わずに坐ったまま、悲しげな笑みを浮かべた。フールバルゲを脅せたことに満足しながらも、そのせいで当面は開放病棟に移してもらえないことに落胆しているのだろうか。

ラスクのことはふたりの看護師に任せ、フールバルゲは部屋を出た。

警備用通路でしばらく佇んだ。そのせいで一度解錠した扉をもう一度解錠しなければならなくなったが、〈クリポス〉のルーネ・フラータンガーと交わした会話を思い出したのだ。

ここ二週間ほど、まともに眠ることができていなかった。

殺された少女は〝マリア〟と叫んだ。フラータンガーがその音声データを送ってくれたのだが、少女は〝マリア〟のまえに別のことばをつぶやいていた。警察官のひとりには、〝エードレ〟、あるいは〝エデル〟と聞こえたらしい。あるいは〝エレン〟か。その警察官は、以前そんな名前を別の事件で聞いた覚えがあると言っていたという。もっとも、そのあとその警察官はすぐにその話を引っ込めたようだが。自分の勘ちがいかもしれないと言って。

しかし、フールバルゲにはその名前を以前聞いた覚えが確かにあった。ただ、どこで聞いたのか。そこまでは覚えていなかった。が、それは〝エデル〟でも〝エレン〟でもなかった。

〝エードレ〟。エードレ・マリア。そんな変わった名前はそう簡単には忘れない。

フラータンガーに、その名前をラスクのセラピーで持ち出してみるように頼まれたのだが、フールバルゲは頭の隅に何か引っかかるものがあることをフラータンガーには明かさなかった。一切。なんというめぐり合わせなのか。やっと手紙の件をうやむやにすることができたと思ったら、今度は謎の名だ。

彼は壁掛け時計に眼をやった。あと一時間で被害者の少女はオスロの墓地に埋葬される。

自分のオフィスに戻ると、カレンダーの今日の日付に×を書いた。定年退職まであと五ヵ月。

〝エードレ・マリア〟という名前をどこで聞いたのか。在職中にはそれを思い出したくないと思った。それが謎を解く鍵だということはわかったが、果たしてその鍵を自分は見つけたいと思っているのかどうか。フールバルゲには自信がなかった。

14

外で煙草を吸うのはほとんど不可能だった。バーグマンは上着の襟を立てた――首がもげそうなほど激しい風が吹いていた。まあ、アルファセット墓地のようなところで喫煙しようとしたこと自体、まちがっていたのだろうが。車に戻って窓を開けた。白い礼拝堂に眼を向けたまま煙草を何度か深く吸い、吸い殻を外に投げ捨てた。果てしなく広がっているように見える墓地に、急に強い嫌悪感を覚えた。いかにも工業的な灰色の風景を見ながら、ここは終着点だ、と思った。いつの日かおれもここで眠ることになる。

今はまだにしろ。

広い駐車場には二、三台の車が停まっていたが、特に気にとめなかった。礼拝堂にはいると、中にいたのは〈ダークブラーデ〉紙のフランク・クロコールとカメラマンのふたり――一番まえの列に坐っていた――と司祭と葬儀屋の四人だけだった。

その光景に自分でも意外なほど気が滅入った。棺の中の少女は、リトアニア共和国の首都ヴィリニュスの孤児院から逃げ出した十四歳、名前はダイナ。〈クリポス〉はたったひとりの肉親であるアルコール依存症のおばを見つけ出したが、そのおばの希望でオスロの凍土に埋めることになった。ノルウェー政府に委ねるのが一番安上がりだと判断したのだろう。

この礼拝堂の唯一の慰めは、奥の壁に飾られている、近代美術の画家ヤコブ・ヴァイデマンの手になる色鮮やかな絵だ。バーグマンは以前母が彼の絵はただの落書きにすぎないと言っていたのを思い出した。その母もここに埋葬されている。ここに来たのはそのとき以来だ。こんなに気が滅入るのはそのせいだ。彼はそう自分に言い聞かせた。が、それが事実でないことは自分でもわかっていた。

司祭が彼とクロコールに向かってうなずいた。バーグマンは上着を脱ぐと、一定の距離を保ちたいという意思表示を示すかのように、その上着を自分と記者とのあいだに置いた。この男は少女を悼む純粋な思いからここに来ているのではない。おれはちがう。少なくともバーグマンは自分ではそう思っていた。殺人事件の捜査は暗礁に乗り上げている——もはやあきらめるしかないと思うくらいに。コート・アーデレシュ通りで目撃された男はなんの手がかりにもならなかった。ミロヴィッチは少女について依然として口を閉ざしており、これ以上の捜査は彼の弁護士によって阻止されていた。ミロヴィッチがクラブ内の防犯カメラ映像を提出したことで、免責の約束をしてしまったフィンネランにはもはや打つ手がなかった。追い打ちをかけるように、かつて殺人課を率いたローレンツェンの個人ファイルも見つからなかった。かくして、そもそも期待の薄かったソルヴォーグの〝マリア〟の線は完全に行きづまっていた。

司祭が説教を始めると、バーグマンはすぐにでも立ち去りたい衝動に駆られた。哀れなこの子をちゃんと埋葬してあげてくれ。ひたすらそう念じた。礼拝堂の鐘が鳴りだし、その音に救われた。

隣りにいたフランク・クロコールが立ち上がり、同情を装って司祭を見やった。バーグマンも立ち上がり、出口に向かって歩きだした。

席の最後列に黒い服の女が坐っていた。帽子で顔を隠しているその姿はどこか場ちがいで、まるで別の時代から現われたかのように見えた。あるいは昔見た映画の一シーンのように。

その女性はゆっくりと立ち上がると、ドアを開けた。

バーグマンは上着を着てその女性を追った。振り返ってクロコールが追ってきていないか確かめた。クロコールは体のまえで両手を組み、努めてもっともらしく見えるようにして立っていた。この淋しい葬儀に関して、司祭から何かいいコメントを少しでも引き出せることを期待しているのだろう。

女はもうかなり先を歩いていて、駐車場に向かって坂をのぼっていた。

「エリザベス・トーステンセン」とバーグマンはひとりごとを言った。そう言って足を止め、女を見送った。

ほかの誰かのはずがなかった。一瞬だったが、彼女と眼が合った。

そこで確信した。

以前、会ったことがある。

スコイエンブリーネ通りの家で会ったときよりまえに。

通信司令部に電話をかけ、彼女の電話番号を調べてもらった。四回ほど呼び出し音が鳴ってから留守番電話に切り替わった。自分が誰なのかを名乗り、話がしたいと伝言を残した。

〝わたしのせい〟。

あのときなぜ彼女はそんなことを言ったのだろう?

PART TWO
DECEMBER 2004
第二章　二〇〇四年十二月

15

バーグマンは夢遊病者のようなのろいペースで動いていた。リトアニア人の少女ダイナが埋葬されてからというもの、二週間ずっとそんな調子だった。これほど何もかも捗らないのも珍しい。人が殺されるのに一年の最後の数ヵ月ほど悪いタイミングもないだろう。警察の残業代の予算はとっくに使い果たされており、おまけに病気で欠勤する者が続出する。うぬぼれの強いにわか成金のようなノルウェーでは、リトアニア出身の名もない若い娼婦のことなどすぐに忘れ去られてしまう。それはどうにもならない事実だ。死んだダイナは自分たちの一員ではない。そんな暗黙の了解があるのだ。もっとも、彼女が一連の少女殺人事件の一番新しい被害者かもしれないということは、警察本部の人間以外誰も知らないわけだが。

オスロ大学病院でおこなわれた膣の検査と爪に付着していた微細な皮膚片の検査の結果、鑑定されたＤＮＡは一九八八年のクリスティアンヌ・トーステンセン事件とその次に起きた一九八九年二月に娼婦が殺害された事件で検出されたＤＮＡと一致した。しかし、問題は当時の分析システムはまだ未熟だったため、男全体の一割が該当してしまうという点だ。いずれにしろ、ダイナの負った傷と過去の被害者の傷を照らし合わせると、まず同一犯と見てまちがいはないだろう。となると、アンデシュ・ラスクは無罪だという可能性がますます高まってくる。

ところが、この情報には蓋がされていた。ロイター課長は犯人の興味を惹きそうな情報を一切出したがらず、ハンネ・ロダール本部長のほうは、クリスマスをまえにオスロ市民に不安な思いをさせたくないのはもちろんのこと、それ以上に警察本部の捜査が暗礁に乗り上げていることを知られたくないのだった。彼女は、来年じゅうには警視総監に昇進したいと思っている。そのためにも、うちうちでは〝非常に不快なミステリー〟と呼ばれている案件については、多くを語らないに越したことはない。そう思っているのだ。新聞発表では〝捜査に支障をきたす恐れがあるため、これ以上の情報提供はできない〟ということになっているが、実情は〝手探り状態でお手上げ〟にほかならなかった。悲しいことに、ダイナにとっての唯一の救いは、彼女が一九七八年から始まる六人の少女殺害事件の犯人と同じ男に殺された可能性が高いということだ。そうでなければ、バーグマンやソルヴォーグをはじめとする警察本部の捜査課の捜査対象にもなっていなかっただろう。

おそらく彼女を殺したのは、アンデシュ・ラスクだと思われたものの、実際のところ、ラスクであるはずがない男。そして、クリスティアンヌ・トーステンセンを殺した男。

ダイナを殺したのが誰なのか解明できれば、クリスティアンヌとほかの少女たちを殺した犯人にもたどり着ける。バーグマンはそのことについては確信があった。今、ラスクはリングヴォルの精神科病棟に監禁されている。なのに、数週間まえにまったく同じ手口で少女が殺害された。つまり、ラスクは今回の事件とはまったく関係がないということだ。

それとも何か関係があるのか？

地下鉄の階段を降りながらバーグマンは考えた。ひょっとして、ラスクは自分の無実をアピールするために、この国全体を巻き込んだ幻影を見せようとしているのか？　三、四人のソマリア人の男たちが慌てて脇によけた——バーグマンの姿を眼にしただけで、逮捕されると恐れたのか。しかし、今のバーグマンには、男たちがカート（熱帯の高地に自生する常緑樹で、葉にはアンフェタミンに似た覚醒作用をもたらす成分が含まれている）一グラムの値段交渉をしていたとしても、そんなことはどうでもよかった。狭いトンネルのような階段を降りるにつれ、外の冷たい空気が、人を酔わせるような地下街の暖かい空気に変わった。その暖かさのせいでバーグマンの頭はぼうっとなり、この数週間ほとんど寝ていないことを思い出した。プラットホームに降りて凍えるような風にあたっても、頭はすっきりしなかった。周辺視野を失ってしまったかのように、横から影がすべるように彼の眼のまえに現われたかと思うと、またすぐに消えた。すべての音が増幅されて硬く、金属音のように頭蓋骨の中で響いていた。列車の遅れを知らせる、金属がこすれるようなスピーカーからのアナウンスに、バーグマンはいちいちびくっとしてその都度、ダウンジャケットの中の幻のホルスターに手を伸ばしかけた。

地下鉄のプラットホームは、地球の隅々からやってきた人々であふれており、彼らはますます厳しくなる寒さから身を守るために何層も服を着込んでいた。どの顔にも、この冬を乗りきれないかもしれないというあきらめの表情が浮かんでいる。そんな気がした。オスロが、やさしく頬を撫(な)でて魅惑的なことばを耳元でささやくような市(まち)でないことは、バーグマンももちろん知っているが、それにしてもここ数週間の寒さは尋常ではなかった。あたかも爆撃を受けている戦争地帯の市街地のように、人々は建物から建物へ走って移動し、このような地下鉄の駅に避難していた。

今日、初めてリッレトーゲ広場にある〈オルタナティヴ・トゥ・ヴァイオレンス〉の事務所に行ってきた。自分がすっかり空っぽになったような気分になっていた——衛星都市のまわりを這う灰色のコンクリートの水路のように。そこのセラピストが気に入ったかどうか、それは自分でもわからなかったが、少なくともヴィゴ・オスヴォルに対するより心を開くことはできた。オスヴォルのほうが神経が細かい——温かい粥(かゆ)のまわりを歩く猫のように、彼はことばを真綿でくるんで話す。〈ATV〉のセラピストはまったくちがった。だからといって、オスヴォルのセラピーをやめようとは思わなかったが。〈ATV〉にかよえば、とりあえず普通の男のように振る舞う術は教えてもらえそうだが、オスヴォルはもっと心の深層まではいり込んでくる。バーグマンの子供時代の記憶はまるでブラックホールのようで、彼はその底なし沼に両足ともどっぷりと浸かっていた。そう言えば、こんなおぼろげな記憶がある——どこか知らない場所に何時間もひとりきりで寝かされ、泣き叫びつづけていたのだ。思い出せるかぎり、それがどんなことより先立つ記憶なので、かなり小さかったはずだ。その記憶が最近頻繁に甦る。ようやく彼が泣き叫ぶのをやめると、今度はほかの人の声、さらに誰かの泣き声が聞こえてくる。泣いているのは母親なのか？　わからない。わかるはずがない。ちがうか？

ブラックホール、と彼は思った。誰かの助けなしにはもうこれ以上先には進めない。それだけははっきりしている。

ようやく到着した四号線バーグクリスタレン行きの列車が、ブラックホールから飛び出してきたドラゴンのようにプラットホームにすべり込んできた。

バーグマンは、反対側のホームとのあいだにある広告の中の女を見つめた。水に濡れた長い黒髪にビキニという恰好だった。背景にはトルコの海と椰子の木があり、足元の砂は見るからに熱そうだった。日焼けした男が彼女に腕をまわしていた。十二月の月曜日の夕暮れを迎えたここ北緯六〇度の地とは、これ以上ないほどかけ離れた場所の写真だった。広告を見つめていると、進入してきた地下鉄の車両の窓越しに女の顔がぼやけはじめ、クリスティアンヌ・トーステンセンの顔に変わった。ドアが開き、バーグマンは無理やり車両に乗り込んだ。ドアのすぐ横にスペースを見つけて立ち、最後にもう一度広告の中で微笑む女性モデルに眼をやった。広告の一番下に〝忘れられない日々〟と書かれていた。クリスティアンヌにはそんな日々は訪れなかった。真冬に、運命の恋人と南国のリゾートに行くチャンスもなかった。生きていたとしたら、今は何歳になっているのだろう。彼は年数を加算してみた。三十二歳。いや、三十一歳か。彼女はこのモデルのような容姿だったのだろうか。ああ、と彼は自分に言った。ああ、この広告の中の女が彼女だったのかもしれないのだ。

クリスティアンヌ・トーステンセンが死んでから十六年になるが、今はどこもかしこも彼女であふれている。どこを見ても、彼女の顔があった。見ようとしたわけではないのだが、気づくと、彼に背中を向けて坐っている男に視線が吸い寄せられていた。男はプレキシガラスの仕切りのすぐ横の席に坐り、〈アフテンポステン〉紙に掲載されているサプリメントの広告に見入っていた。新聞をめくると何が現われるかはバーグマンにはわかっていた——その新聞は今朝読んだばかりだ。

週末になるまえに結論が出た——クリスティアンヌの事件に対するアンデシュ・ラスクの再審請求は受理された。新聞各社はこの件をこれでもかというほど書きたて、テレビのニュース番組は極端な推論を展開していた。ラジオのニュースではこの件しか扱われなかった。

〈アフテンポステン〉紙の大見出しは〝誰がクリスティアンヌを殺したか？〟だ。九年生当時のお決まりの写真——一九八八年の初秋に撮影されたもの——が紙面の半分を占めていた。バーグマンは下腹部に疼(うず)きのようなものを覚え、自分を呪った。彼女の顔を見るたび、似たような少女たちに叶わぬ恋心を抱いていた、情けない少年時代に戻ってしまう。写真の彼女は、ふっくらした丸顔にカールした髪を垂らしていたが、少年たちからは〝学校で一番可愛い〟と言われていたのではないか——〝一番やさしい〟ではなく。もしかして、クリスティアンヌはことばでは簡単に説明できない〝何か〟を持っていて、それが男子を寄せつけず、そのかわりに必要以上に女子を惹きつけたのではないだろうか。

きっとそうだ。それがバーグマンの思い描くクリスティアンヌ・トーステンセンだった。彼女の笑顔とその眼——カメラをまっすぐ見ている眼はきらきらと輝いていた——自然な巻き髪と顎のかすかなくぼみを見るだけで、クリスティアンヌが人々の記憶に残りつづける少女だったことがわかる。いったい何人の少年たちが「わたしもあなたのことは好きよ、でも、お友達として。悲しいなんて言わないで、お願い」と言われたことだろう。

事件当時、警察学校を卒業したばかりの彼がクリスティアンヌ殺害事件の捜査に加わることはなかった。しかし、事件が起きてから今日まで、いったい何時間彼女のことを考えてきただろう?

だから、彼がほんとうに捜し出したいのは、クリスティアンヌを殺した犯人で、哀れなリトアニア人の少女を殺した犯人ではなかった。それに関しては彼自身、いささかうしろめたく思っていた。時々、異国の地に埋葬された少女をまるで忘れてしまっていることさえある。彼女の唯一の肉親であるおばには、ノルウェーまでやってくる金も、姪を祖国まで連れ帰って埋葬する余裕もなかった。

いずれにしろ、バーグマンはクリスティアンヌのことだけを覚えていた。顔も知らない可哀そうな少女たちではなく、彼自身が子供時代を過ごした土地のすぐそばに住んでいた彼女だけを。特権階級の少女だったクリスティアンヌだけを。

「クリスティアンヌ」まるで年老いた世捨て人のひとりごとのように、バーグマンは自分につぶやいた。十六年間、彼女のことを忘れ、心の奥底に抑え込み、さらに心の中から追い出そうとしてきた。あの森の中で、彼は彼女に約束をした。大人になることのない十五歳の少女に、自分は善良な人間になることを約束した。

隣りの席の男が読んでいる新聞にまた眼をやった。彼女の大きな眼が彼をまっすぐに見返してきた。まるでこう言われているかのような気がした――〝もっと本気になれない?〟。

16

居間の床は新聞で埋め尽くされていた。開かれていたのは、すべてアンデシュ・ラスクの記事のページだった。そのうちの一紙には、十歳くらいのラスクの写真の上に〝モンスター〟と大文字のブロック体で書かれた古い見開き記事の写しが載っていた。クリスティアンヌ・トーステンセン殺害事件で有罪判決を受けた男の再審請求は受理された。彼が有罪となったほかの殺人についても、このあとに続くと考えられていた。タブロイド紙〈ヴェルデンス・ガング〉には、ラスクの弁護人――イェービク出身の若い弁護士――の三ページにわたるインタビュー記事が載っていた。記事のタイトルは〝有罪を裏づける証拠は見つからず〟。マスコミには言いたいことがいっぱいあるようだった。バーグマンにはそれを責めることはできなかった。彼らにとって、このニュースはまたとない贈りものだった。再審請求を受理した委員会の根拠は、そのほとんどが警察、特に〈クリポス〉に対する誹謗中傷と言ってよく、バーグマンとしても読むのが辛かった。あたかも、報道と検察と裁判所の下でマグマが大きな力を溜め込んでいるかのようだった。全員がまちがっていたというのか？　アンデシュ・ラスクは、いったんは全員がそうだと認めた悪魔ではなかったのか？　苦痛に満ちた緩慢な死を迎えるのにふさわしい獣ではなかったのか？　彼は加害者――それだけで充分に悪い――であり、殺人者ではなかったのか？

　バーグマンはテレビの下の古いプレーヤーにVHSカセットを挿入した。カセットのラベルには〝ラスク、一九九四年九月、NRK〟と書かれていた。ノルウェー国立放送(NRK)が制作したラスクのドキュメンタリー番組は何年も見ていなかったが――画面で姿を見るだけでも気が滅入ったのだ――これ以上先延ばしはできなかった。夕食の食べ残しで散らかっているコーヒーテーブルの上を片づけた。虐殺者アンデシュ・ラスクと食べものは相容れないもののような気がした。

　煙草に火をつけ、テレビの画面に近づけた。若い頃のラスクのちょうど右眼の下が煙草の赤い火で照らされた。画面に、憲法記念日を祝っている一九六〇年代初めの映像が映し出された。かなり品質のいいカラーフィルムで撮影されていた。その当時、ムーヴィカメラを持っているということは、ラスクはさぞかし裕福な家庭で育ったのだろう。そんなことを思わせる映像だった。が、ドキュメンタリーの制作者によれば、実際のところ、ラスクはスレムダール出身で、彼の両親は離婚していた。母親と狭い地階アパートメントの借家で暮らし、一家は困窮していたという。学校では初めの頃こそ深刻ないじめにあったが、それにも次第に順応したようだった。成績は優秀で、一九七九年、トンスベルグ市にあるヴェストフォル大学のエイク・キャンパスで教育学の学士号を取得している。トンスベルグは、彼が最初の犠牲者を見つけたとされる場所でもある。プレステロー小学校で教育実習をしているとき、韓国から養女として引き取られてきた十三歳の華奢な体つきの少女、アンヌ＝リー・フランセンを殺害した。

精神科医や心理学者のインタヴュー部分は早送りした。バーグマンは彼らの分析については知り尽くしていた。アンデシュ・ラスクは疎外された敏感な子供の典型のような子で、エディプス・コンプレックスを持ち、のちに母親に対する病理学的な愛憎を持つようになった。母親自身も広範囲に及ぶ精神的な問題を抱え、何度か精神科病院に入院していた。さらに、ラスクの父親のほうは、再婚相手とのあいだに生まれたふたりの娘を虐待していたことが明らかになった。ラスクも子供の頃にこの父親から同じような虐待を受けていたのではないかと推測されたが、この件についてラスクは曖昧な応答しかしていなかった。ただ、幼年期から青年期までは自分の感情を抑圧できていたが、大学で教職課程を学ぶうちに悪夢のような過去が時折甦ってきたとは供述している。当時の教え子だけでなく、子供時代には自分より小さな子に危害を加えたこともあったらしい。一九九二年の冬、ブリン中学校の少女に対する性的暴行の容疑で、ラスクは初めてオスロ警察に身柄を拘束されるのだが、このときの取り調べの最中、驚くことが起きる。唐突にクリスティアンヌ・トーステンセンの殺害を自白するのだ。彼女は、一九八六年当時ヴェットランズオーセン中学校の彼の教え子だった。そのあとラスクは、いともあっさりとほかの五人の少女の殺害も自白した。警察による尋問の中で彼の供述内容はころころと変わったが、最終的には頭の中で少女たちを殺せと命令する声が聞こえたのだと明かし、公判でもこの主張を繰り返した。

バーグマンは、トンスベルグ市で起きた最初の殺人事件の再現シーンまでテープを早送りした。幸い、ドキュメンタリーの中にクリスティアンヌ殺人事件の映像は含まれていなかった。もう二度とこの市の南に位置するあの森には戻りたくなかった。たとえ映像の中であっても。

アンデシュ・ラスクが映っている場面でテープを止めた。ラスクはヴェストフォルの中心にある森の小径で、茂みの上に屈み込んでいた。アンヌ＝リー・フランセンをレイプしたあと殺した場所だ。一九七八年八月の最後の週末、当時ラスクが認知症気味の高齢女性から借りていたトンスベルグ市内の地階アパートメントを少女が訪れ、事件は起きた。そのときの殺し方が後続の事件でも繰り返され、すべての犠牲者の口、鼻、手首、足首にダクトテープの痕跡が残っていた。おそらくそのテープは、一九九二年にラスクの自宅で見つかったものと同じだろう。彼はなぜか一九七八年から同じ種類のダクトテープに固執していた。彼の自宅からは、クリスティアンヌの私物もいくつか発見された——本やボールペン、それに学校内で撮られた彼女の写真。彼が犯人であることを示す状況証拠は充分そろっていた。オスロ市ハウゲル地区にあったラスクの自宅からアンヌ＝リー・フランセンの毛髪と所持品が発見されたときには、これで事件は解決したと思われた。ほかの少女たちの所持品はひとつも発見されなかったのだが、そのことが大きく取り上げられることはなかった。自白から二ヵ月後、〝有罪を裏づける状況証拠〟――マスコミは矛盾をはらんでそう呼んだ――を検察は提出した。世間の誰もが、アンデシュ・ラスクは人々の記憶に残るかぎり――おそらくは未来永劫――この国が産んだ最悪のモンスターだと思った。どの遺体解剖でも、ナイフや鈍器で蹂躙（じゅうりん）されるまえに彼女たちが死亡していたのかどうかは解明できなかったのは、あまりに長いあいだ外に放置されたままになっていたからだ。ただ、死因は四人とも襲われた際の大量出血と推測された。

　また、検察のいわゆる〝有罪を裏づける状況証拠〟は、イギリスの研究所の鑑定結果に基づくものだった。一九八九年一月、当時〈インペリアル・ケミカルズ〉が新たに開発したDNA鑑定技術により、クリスティアンヌ・トーステンセンの体から採取された精子についての大まかな分析はできていた――犯人の血液型はA型で、さらに酵素的特徴から全男性の九割が除外できた。クリスティアンヌのあと、一九八九年一月に殺害された娼婦についても鑑定結果は同じだった。ラスクから採取した血液サンプルは、酵素的特徴から該当する一割にはいり、血液型も合致した。そして、その事実はラスクの自白が強要されたものではないと地方裁判所が判断するのに、充分な根拠となった。ただ、少女たちに負わせた傷について質問されても彼は曖昧な答しか返さず、たいていの場合、ひとつの強迫観念――少女や若い女性を襲って殺したいという衝動――について自ら語った。

フィルムを一コマずつ進めていくと、アンデシュ・ラスクのなんとも言えない笑顔が画面に映し出された。まるで何か面白いものを見つけたような笑みだった。バーグマンは再生ボタンを押し、通常の速度に戻した。カメラがラスクの女性的な顔にズームした。彼が魅力的な顔だちをしていることは否定できない。女性がいとも簡単に騙(だま)されてもおかしくない。

裁判所でラスクが語った内容をナレーションが読み上げる——彼は、地階アパートメントでアンヌ＝リー・フランセンと会う約束をし、彼女がやってくると、浴槽の中で彼女を殴って気絶させ、ゴミ袋の中に入れた。そして、暗くなるのを待って車に運び、森の中で暴行したのち、殺害した。

バーグマンはビデオの電源を切った。チャンスがめぐってくるなら、ラスクにどんな苦痛を味わわせたいか、想像せずにはいられなかった。蹴り殺したかった。爪先に鉄(スチール)が仕込まれているミリタリーブーツで、歯が全部抜けるまで彼の口を踏みつぶしたかった。いや、それでも不充分だ。イラ刑務所の中庭に放置し、囚人たちに襲わせたほうがいい——ハイエナのようにばらばらに引き裂いてくれるだろう。あるいは、野球のバットか頑丈なレンチで体を粉々に砕くのもいいかもしれない——まずは脚、それから腕、そして胴体、股間、顔。そして最後に頭。

バーグマンは眼を閉じた。こんなことを考えていたらおまえは終わる。心の中でそう自分につぶやいた。ラスクはクリスティアンヌ事件の再審を勝ち取った。おそらく釈放されることになるだろう。再審の壁はとてつもなく高い。それが開かれるということは、誤った証拠、またはあやふやな証拠に基づいて有罪判決がくだった可能性がきわめて高いということだ。もし彼がクリスティアンヌ殺害について無罪になれば、アンヌ＝リー・フランセンとほかの四人の少女の殺害に関しても無罪になる可能性大だ。馬鹿げた復讐の妄想にふけっている閑など今はない。

リトアニア人少女のダイナがクリスティアンヌとまったく同じ手口で殺害されていた事実を警察が発表すれば、ラスクは当然切り札を切るだろうが、今誰も触れたがろうとしていないのは、病院の外にいる何者かとラスクがつながっている可能性についてだ。おれたちは全員ラスクに一杯食わされたのか？　ひょっとしたら最初からもうひとりが関わっていたのか。あるいは、ほんとうに無実なのか。

もう一度ドキュメンタリーを見直すのは時間の無駄だと思った。無駄な努力だ。ドキュメンタリーは二次情報に基づいて制作されたものであり、ラスク本人にインタヴューしたものではない。ただひとりラスクに直接インタヴューしたのは、バーグマンもよく知っている〈ダークブラーデ〉紙の記者、フランク・クロコールだけだ。バーグマンは携帯電話を手に取ると、クロコールの電話番号が表示されるまで画面をスクロールした。坐ったままその電話番号を見つめた。電話をするには時間が遅すぎる時間だった。それに、明日の打ち合わせが終わるまで待ったほうがいいのはわかりきっている。

寝室のナイトスタンドの明かりはつけたままにした。ベッドの上で寝返りをうち、かつてヘーゲが寝ていた側を向き、今日はあの夢を見ませんようにと念じた――九ヵ月まえ、アンデシュ・ラスクがクリスティアンヌ事件の再審請求をして以来、彼はあの夢を数えきれないほど何度も見ている。その夢の中――雨の降る暗い森を歩いている。うしろから誰かに押されているかのように追い立てられて歩いているその先に、地面の上の形のない物体を何度も何度も打ちつけている黒い人影が見える。地面の上のその物体がクリスティアンヌ・トーステンセンであることが徐々にわかってくる。彼女はまだ生きている。駆け足で近寄って黒い人影に手を伸ばすと、その人影は振り返ってナイフを振りまわす。バーグマンはうしろに倒れる。その殺人者はバーグマン自身だった。クリスティアンヌが殺されたときの自分より歳を取っていたが、まちがいない、バーグマン本人なのだ。

眠ろうと一時間ほど無駄な努力をしたあと、彼はベッドから起き上がった。

居間の窓辺に立ち、広場の向かい側に立ち並ぶアパートメント・ビルを眺めた。道路の反対側にある切妻壁に〝ブローフェレ住宅協同組合〟と書かれた白い文字が、雪のためにほとんど見えなくなっていた。ガウンを体にきつく巻きつけ、煙草に火をつけた。激しく降りしきる雪が街灯の下では黄色く見えた。眼のまえの景色を見ていると、夏が恋しくなった。ハジャが恋しかった。最後に彼女を見てからどのくらい経つ？　あまりにもまえのことに感じられ、思い出せなかった。眼を閉じ、彼女の姿を思い浮かべようとした。彼女のにおいを思い出そうとした。無意味だった。心の眼に映し出されるのは、クリスティアンヌの遺体に近づいていく自分の姿、遺体の上に屈み込んで彼女の首に掛けられていたペンダントに触れている当時の年長のパートナー、コーレ・イエールヴァンの姿だけだった。

バスルームの中で、鏡の上のまばゆい蛍光灯に照らされた自分の顔をまじまじと観察した。眼の下の隈はますます大きく、黒く、分厚くなっていた。それに、髪が伸びて長すぎる。床屋に行くのを先延ばしにしていたのは、こめかみだけでなく広範囲に白髪が広がっている事実を認めたくなかったからかもしれない。眼を細めると、皺（しわ）が放射線状に広がった。眼の色は青というより灰色に見えた——まるで命の火をともしたことがないような色だ。はるか昔にクリスティアンヌ・トーステンセンを発見した男は、まるで抜け殻のようになっていた。流し台につかまって体を支えているると、ヘーゲを見下ろすように立っている自分の姿が見えた。彼女はまさにこのバスルームの床に身を横たえ、囁（ささや）くような声で言ったのだ。隣りの住人に聞こえないよう、押し殺した声で。「お願い、トミー、殺さないで」と。

彼は殺された少女に約束をした。善良な人間になることを。それが、十六年経ってこのざまだ。視線をヘーゲが横たわっていた床に移した。具体的に彼女に何をしたのか、はっきりした記憶はなかった——ただ、小さな記憶のかけらがフラッシュバックとなって甦るだけだ……なんの記憶が？　暴行。それ以外に言い表わすことばはない。

　そんなことが赦されるわけがない。せいぜいできるのは言いわけぐらいで、ほかにできることなど何もない。もし来世というものがあるなら——バーグマンは思った——おれはクリスティアンヌを殺した男と同じ道をたどるだろう。

　自分を懲らしめるために、彼はソファに腰をおろすとリモコンを手に取り、ドキュメンタリーの再生ボタンを押した。ちらちらと点滅する映像が暗い部屋を不思議な青い光で照らした。トンスベルグでの第一の殺人の再現シーンまでテープを巻き戻した。ヴェストフォルの森に佇むラスクは、気弱そうな笑みを浮かべていた。そこで映像を止め、女のようなその顔にズームした。眼を閉じると、自分自身が見えた。

「おれとおまえは同じだ、アンデシュ」テレビの画面に向かって囁いた。「同じただの獣（けだもの）だ」

17

アルネ・フールバルゲが来客用の部屋のベッドにはいったのは、午前三時少しまえのことだった。妻のいびきはそれほどひどくはなかったが、横で眠るのは無理だ。今は来客用のベッドに横になり、目覚ましアラームが鳴りだすのを待っている。一番近い隣人が車のエンジンをかけようとしていた。雪は一晩じゅう降りつづいた。十センチから十五センチ積もった雪は、人類に神聖な静寂をもたらしてくれる。そんな静寂を破ろうなどという了見の者は、その愚かな隣人くらいだ。そいつは毎朝六時十五分すぎに仕事に出かける。そうやって二十年間、平日は毎日フールバルゲを起こしてきた。フールバルゲはひげを撫でながら、隣人の車のエンジンがなかなかかからないときにいつも〝いい気味だ（シャーデンフロイデ）〟と思ってしまう自分に苦笑した。

あと数分だけベッドにいることにした。やがて眠りに吸い込まれ、睡眠の深く暗い井戸に沈んでいった。

携帯電話のアラームが鳴りはじめた。ひどい頭痛がした。あと五分だけ、と彼は思った。少なくともあと五分だけは眠れる。

寄せ木張りの冷たい床に足をおろした瞬間、ぴんときた。あの名前をどこで聞いたのか、はっきりと思い出した。

「マリア」心の中で言った。「エードレ・マリア」色褪せたパジャマの下で鳥肌が立っていた。急に歳を取ったように感じられた。すでに片足を墓に踏み入れているかのように。エードレ・マリア。パジャマの片方の袖をまくった。腕の毛が豚の毛のように逆立っていた。はっきりと声が聞こえた。そんな気がした。

窓の近くまで行って隣りの家の車庫を見た。哀れな隣人は車のバッテリーに始動装置をつなげていた。しばらく牛のような隣人をぼんやりと眺めたあと、暗い窓ガラスに映っている自分の姿に視線を移した。

そんなことがあるはずがない。

しかし……

ほぼ確信していた。そう、記憶が正しいことがはっきりと自覚された。

悪魔に突き動かされてでもいるかのようにすばやく服を着替え、朝食もとらず、コーヒーさえ抜いた。妻の額にそっとキスして起こした。もう何年もしていないことだった。幸い、妻は疲れており、彼をベッドに引き戻そうとはしなかった。そうしたかったのかもしれないが。もうすぐそんなこともできない年齢になる。フールバルゲはそう思った。エンジン・ヒーターをつけ忘れたにもかかわらず、車のエンジンは猫が咽喉を鳴らすように問題なくかかった。それだけのことに彼はほくそ笑んだ。

リングヴォル病院の駐車場に車を停める頃には、また憂鬱な気分になっていた。あの突然の喜びはいったいなんだったのか。

これは深刻なことだ、と彼は地下にある資料庫のドアの鍵を開けながら思った。体じゅうの酸素がなくなってもおかしくないほど長いこと、窓のない部屋の中を歩きまわった。ここにある可動式の棚のことはほとんど、いや、まったくわからなかった。歳を取りすぎた、と彼はつくづく思った。ラスクがらみの今回の問題は荷が重すぎる。私は精神科医なんだ、まったく！

自分の弱さが暗殺者のようにうしろから忍び寄ってきているような気がした。何もかもが手に余る——書庫の中の色褪せた文字、数字、ファイル番号、その他もろもろ。もはや何年の資料を探しているのかさえわからなくなってきた。

八時を少しまわった頃、ドアの外で暗証番号を入力する音が聞こえた。

管理部長と眼が合った。彼女は、泥棒と出くわしたかのような驚いた顔をした。

「こんなところで何をなさってるんです？」

「過去の資料を探してるんだよ。患者の資料を」

「どの患者ですか？」

「かなりまえの患者だ。きみは知らないと思う。もうここにはいない患者だ」

彼女が部屋にはいってくると、ヒールの音が彼の頭の中でも響いた。

しかし、いったいどうしてそんなことになったんだ？　どうして？

「いつ頃の話ですか？」

「何年だったかな」

「もし十年以上まえのファイルなら、ブルムンダールに行かないとありませんよ」

彼は彼女と視線を合わせないようにした。

この件はきれいに片づけないといけない。クリスマスまでには解決させる必要がある。この過ちを墓場まで持っていくわけにはいかない。完全に確認が取れるまでは、そんな案件を人に打ち明けるわけにもいかない。

病院を出たのは午後二時を過ぎてからだった。ますます激しさを増す吹雪のせいで、ミョーサ湖の湖畔をめぐるのに二時間近くかかった。普段の二倍の時間だ。ムエルヴ橋の上の渋滞はパリの環状道路（ペリフェリック）を思い出させた。見えるのは、まえを行く車の赤いテールランプだけ。何時間も降りつづいている雪の重さで、フロントガラスのワイパーは今にも折れそうになっていた。

インランド病院の管理棟は、いつもならソヴィエトのオフィス街のビルのひとつのように見える。しかし、今日のような空から吹きおろす白い業火の中では、さながらクリスマス・ストーリーの舞台セットのようだ。ほとんどの窓にまだ明かりがともっていた。みんな終わりのない仕事のサイクルから逃げ出す努力をして、家で妻や夫や子供たちともっと一緒に過ごすべきだ、とフールバルゲは思った。人生は短い。一息つくまえに終わってしまうぞ。クリスマスをひかえたこの時期に午後四時を過ぎても仕事をしていいのは、家に帰っても孤独しか待っていない者だけだ。

車の外に出ると、逆に暖かいような気がした。熱でもあるのだろうか。オーヴァーコートを腕に掛け、スーツジャケットの下のシャツの袖口をゆるめた。悪い病気にでもかかったのか。それとも、取り返しのつかない過ちを犯そうとしているという確信に心が苛まれているからなのか。命の危険にさらされたことは、今までも思い出せないくらいあった。ラスクのことばが今でも頭にこびりついている。あの謎めいた笑みも。

「あなたは死ぬ」

精神を病んでいく患者のように彼はひとりごとを言った。いや、〝無残な死〟だ。確かラスクはそう言わなかったか？

階段をのぼりながら足を踏み鳴らして、靴についた雪を落とした。

書庫の中の照明がちかちかと明滅していた。やめておけ、とでも言っているようかのように。これはおまえの記憶ちがいだ、すべて成り行きに任せるべきだ、と。

「帰るときには電気を消してくださいね」と案内してくれた若い女性が言った。「それから、コピー機は使える状態になるまで少し時間がかかります」毛編みの円錐帽をかぶりながら彼女はそう言って笑うと、古風なコート——また流行しているのかもしれない——の襟を耳が隠れるまで立てた。操作のしかたは彼女が教えてくれた。何を探しているのか。それは言わなかった——少なくとも具体的には。ただ、興味のある期間だけ伝えた。

「見つかるといいですね」と彼女は戸口に立って言った。

目的のファイルは三十分もしないうちに見つかった。箱の中から書類を出そうとして、手が汗でびっしょりになっているのに気づいた。書類を束ねてあった古い輪ゴムが切れたときには、それだけでたじろいだ。

探していたものは、治療開始後三週間目の記録の中にあった。

「ほかに選択の余地はなかった」

彼は介護士による評価を読んだ。〝状況精神病〟と書かれていた。額にかかっていたもじゃもじゃの髪を掻き上げた。そう、精神病。当時はそう呼ぶのが普通だった。

さらに読んだ。強い薬による治療。強すぎる。完全な無関心。そして早すぎる退院。今ならそれがよくわかる。

しかし、問題は名前だ。そこにははっきりと書かれていた。ある火曜日の朝のこと——

〝彼女に名前を尋ねた。患者はそのときエードレ・マリアと答えた。もう一度尋ねると、何分か経ってようやく答が返ってきた。マリアと呼ばれることが多いけれど、ほんとうの名前は『エードレ・マリア』なのだと。それが父親が名づけた名前なのだと〟。

偶然とは思えない。

彼は必要なページのコピーを取り、箱をもとあった棚に戻した。ラスクにまちがいを指摘された以上、同じまちがいは二度も犯せない。

外に出て、しばらく階段の上に立っていた。降りしきる雪が彼のまわりで渦巻いていた。しまいには寒さで真っ青になった。カルテのはいったフォルダーが、地獄のような吹雪に濡れはじめていた。それをコートの中に押し込み、重い足取りで雪に埋もれてしまっている車まで歩いた。

使い古したスノーブラシを使って車に積もった雪を払い落とした。動きがやけに緩慢になっていた。精神疲労が一気に彼を老いぼれさせたかのようだった。

ルームランプをつけた。ほんとうに辻褄（つじつま）が合うのか、今一度確かめたかった。

〝患者は、エードレ・マリアは生きている、と言った〟。

携帯電話を取り出し、番号を押した。相手が出ると、電話を切った。

それがラスク宛ての手紙に書かれていたことなのか？

そうだ、と彼は思った。断片を思い出した。メドゥーサがどうのと書かれていた。

メドゥーサの涙。

エードレ・マリア。
あの患者がメドゥーサだったのか？

18

夢とは、なんの抑制もないその人のほんとうの姿をあらわにすると言われる。ありのままの真実を突きつけると。目覚まし時計が鳴りだした。バーグマンは、それが嘘であることを祈った。いったいなんという夢をおれは見たんだ？　思い出したくなかった。自分の真実についての夢だったのか？

眠るまえに掛けたウールの毛布が床に落ちていた。部屋の中はまだ暖かく、このままでもあと数時間は横になっていられそうだった。居間の窓から雪がまだ降りつづいているのが見えた。昨夜より雪はもっと激しくなっていた。それはつまり、市をがっちりとつかみ込んでいた寒さも、ピークは過ぎたことを意味しているはずだ。

ベッドの上で向きを変えると、テレビの画面にラスクが映っていた——ヴェストフォルの森の中で撮られた半分冷酷そのもので、半分子供のように屈託のない笑顔の写真。バーグマンはぞっとして身震いした。それはラスクの顔のせいではなく、テレビがまだついていたことと V H S テープがまだ再生されていたからだ。

眠るまえに消したのに……

もしかしたら消し忘れたのかもしれない。一瞬、何が起きたのか思い出せなかった。テレビをつけたまま寝たのであれば、ビデオテープは勝手に巻き戻されてまた再生されたのだろう。

彼は起き上がり、リモコンを見つけて早送りした。数秒後、手を止めた。何をやっているんだ？　眠っているあいだに誰かがアパートメントにはいってきたのか？　馬鹿げた考えを鼻で笑いながらも、一応玄関ホールまで行ってドアに触れてみた。一瞬、開いているような気がしたが、気のせいだった。もう一度引っぱると、古いドアは軋(きし)んだ。一九五〇年代にこのアパートメント・ビルが建設された当時からのドアで、鍵は単純なバネ掛け金式のものだ。要領さえわかっていれば、誰でも簡単に開けられる。ヘーゲはずっと新しい鍵に取り替えたがっていたが、彼は必要ないと言って応じなかった——この世界に、恐れなければならない存在などどこにいる？　彼は思った——もしかしたら、おれがそんな考えだからこそ、彼女はドアを替えたがったのかもしれない。そんなことを思いながら、キッチンの椅子に腰をおろし、テーブルの上に置いてあった煙草のパックから最後の一本を抜き出した。厚みのない古いドアでは、言い争いが激しくなると、いとも簡単に近所に筒抜けになってしまう。

心の眼にヘーゲが浮かび上がった——最後の日、まさにあのドアのまえに彼女は立っていた。彼のほうも、今とまったく同じ場所に同じように坐っていた——また繰り返された地獄のような夜の翌日。ヘーゲはもう二度と戻ってこない。彼にはそれがわかった。彼女の表情からそう感じたのかもしれない――憎しみより哀れみに満ちていたから。鎖で椅子に縛りつけられているかのように、彼は坐ったまま動くことができなかった。彼女が仕事に出かけたあと、バーグマンは泣きだした。まるで子供のように。今になってそう思う。

「くそ」と声に出して言った。調理台の上の時計は、無駄に時間を過ごしてしまったことを示していた。グロンランド地区にある警察本部までタクシーで行かなければならない。今日は絶対に遅れるわけにはいかない。この事件に関しては絶対に。

シャワーを浴びるまえにアパートメントの中を点検した。寝室に異常はなかった。居間も来客用の部屋も同様――少なくとも、おかしなところは見あたらなかった。ヘーゲが昔ノミの市で買った古い箪笥の引き出しのひとつを開けてみた。その中に入れておいた数千クローネの札――なぜそんなにたくさんしまっておいたのか自分でもわからない――もそのまま残っていた。彼は振り返り、もう一度居間の中を見まわした。少しの違和感も見逃さないように。本棚や写真、コーヒーテーブル、ダイニングテーブルと椅子も確認した。視線をテレビに戻した。ひょっとしてアンデシュ・ラスクが病院を抜け出したのか。そんな考えは狂気じみている。しかし、この国ではそういう狂気の前例がないわけではない。

バーグマンは身震いした。ラスクはただ再審請求をひとつ叶えただけだ。今はまだ六件の殺人で刑に服している。

とはいえ、と彼は思った。テレビとビデオプレーヤーの電源が勝手にはいるわけがない。

おれが自分で電源を入れた？　眠るまえに？　ありえない。

19

何時間でもこうやって坐っていられそう、とエリザベス・トーステンセンは思った。小首を傾げたまま、窓の外の鳥をじっと見つめた。鳥たちはアスゲイルが取り付けた餌台に群がっていた——クリスティアンヌが工作の授業でつくった餌台だ。

いいえ、ペーターが工作の授業でつくった餌台だ、と首をまっすぐにしながら彼女は思い直した。そして、餌台に群がっているのがなんという名の鳥か思い出そうとしながら、煙草に火をつけた。思い出すのはすぐにあきらめた。あなたは鳥が大嫌いでしょ、忘れたの？昔、鳥を踏んづけたこともあったじゃないの——テラスにいた大きな黒い悪魔。靴の下の感触はまるで空気のように軽かった。その鳥の両眼をつついてほじくり出したときの気持ちは今でも覚えている。細長い頭の両側についているボタンのような眼をコートに縫い付けたかったのだ。買ってもらった醜いベージュのコートに黒い鳥の目玉を。なかなかの見物だっただろう。

「大丈夫ですか、奥さま？」

エリザベスは気だるそうに視線を動かした。その程度の動きでも奥行き感覚がおかしくなることに気づいた。ヴァリアムのせいだ、と思った。眠るために半錠だけ飲んだのだけれど、二時間もしないうちに目覚めてしまった。ヴァリアムの有効成分ももう睡眠には効かなくなっている。

「奥さまと呼ぶのはやめて。好きじゃないのは知ってるでしょ？」

「すみません、奥さま」

エリザベスはいかにも嫌そうに眼を細めた。

ローズは手で口を覆い、食洗機のほうに行った。その眼に恐怖の色が浮かんでいるようにエリザベスには見えた。わたし、醜くなってしまった？　煙草の火を揉み消して玄関ホールまで行った。鏡の横で少し待ってから、思いきって正面に立った。

鏡に映し出された自分の姿に満足し、彼女は眼を閉じた。まだまだきれい。今朝、アスゲイルに同じことを言われなかった？　夫を見送るために自分の部屋から降りてきたときに。そのときは一瞬だけ幸福感に浸った。それはクリスティアンヌを出産した病院で娘を胸に抱いた日以来、感じたことのない幸福感だった。

「ローズ、ひとつだけ約束して」彼女は戸口に立って、食洗機から食器を取り出しているローズに言った。「わたしのことは怖がらないで。絶対に」

ローズはグラスをカウンターに置いて微笑んだ。見るかぎり、嘘偽りのない笑みだった。

「もちろんです」

「もしあなたを失ったら、わたしには何も残らない」

ローズは額にかかっていた髪を掻き上げた。エリザベスは彼女のところまで行って手を握った。

「絶対に」

そしてローズを抱きしめた。泣くまいと思ったが、こらえきれずに涙が流れ落ちた。

「そんなに悲しまないでください」とローズは言った。

あなたはあそこにいないといけなかったのよ、とエリザベスは思った。あそこにいて、わたしの面倒をみないといけなかったの。でも、あのときあなたは何歳だった？　あなたはまだ生まれてもいなかった。あなたの両親でさえまだ子供だった。

ようやく彼女はローズから離れ、一歩さがった。

「あなたがいなかったら、わたし、どうなっていたか」

今はローズも泣いていた。

いつかはフィリピンに帰国させてあげなければいけない。それはエリザベスにもよくわかっていた。ローズには五歳になる息子がいて、今は祖父母に預けている。

でも、嫌よ、絶対にローズのことは手放さない。

家事を続けているローズをキッチンに残し、自分の書斎に向かった。おぞましいあの手紙はまだ机の上にあった。アスゲイルに読み上げてもらったが、最初からどんなことが書かれているかはもうわかっていた。

〝一九九四年二月二十二日にエイツィーヴァティング控訴裁判所においてくだされた判決に関するアンデシュ・ラスクの再審請求に対し、委員会は二〇〇四年十二月十日に受理を決定したことをお伝えします〟。

〝被害者弁護人〟ということばを声に出して読んだ。手紙を受け取ってから初めて何も感じずに読むことができた。ただの紙に書かれた文字にすぎない。ただそれだけ。心配は要らない。

窓の外のフィヨルドに眼を向けながら、手紙を指で撫でた。そうすることでクリスティアンヌが生き返ってくれるような気がした。世界は色を失ってしまったかのようだった。灰色と黒だけのパレットのように。黒く静かな海面の上に漂っている氷晶のような霧さえ、白色ではなく灰色に見えた。最後に太陽を見たのはどれくらいまえのことだろう？

書斎のドアを閉め、古い固定電話の受話器を取り上げた。玄関ホールにあるもうひとつの受話器をローズが取っていないことを確かめるために、受話器から聞こえる音をしばらく聞いた。

彼の携帯電話の番号を押した。三度か四度呼び出し音が鳴ってから、彼が電話に出た。彼の声はほんの少しだけ不自然だった。たぶん打ち合わせの途中なのだろう。電話を無視することもできたはずなのに、彼は出てくれた。

それだけで嬉しかった。

「会ってほしい」

彼は何も言わずに電話を切った。

少しして、彼女は泣きだした。

机に頭をつけ、眼を閉じた。瞼の裏にクリスティアンヌの顔が浮かんだ。「そんなに悲しまないで、ママ。どうすることもできなかったんだから」子供の声だった。幼い子供の声。エリザベスは怖くはなかった。今は昼間。怖いことなんて何もない。

耳のすぐそばで音がしてはっとした。クリスティアンヌの声は消え、同時に姿も消えた。固定電話の呼び出し音だということに気づくまで、少し時間がかかった。

受話器を取り上げようとしたところで手を止め、表示されている八桁の番号を見つめた。彼じゃない。彼の携帯電話の番号ではなかった。

ドアが閉まっているにもかかわらず、廊下の向こうから玄関ホールにある電話に向かうローズの足音が聞こえた。受話器からそっと手を離すと、魂が奪われそうな寒気に襲われた。彼女は立ち上がり、ドアを開けた。そして足早に、それでもしっかりとした足取りで、階段に向かった。一歩ずつ歩を速めながら。

書斎の中からでもローズの足音がほんとうに聞こえたのかは疑問だが、確かにローズは玄関ホールの電話に手を伸ばしていた。エリザベスは階段の一番上で立ち止まった。

「出ないで」と静かな声で言った。

聞こえなかったのか、ローズは電話に手を伸ばした。

「出ないで！」

ローズは怯えて飛び上がり、電話が置かれているライティングデスクに手をついた。見つめ合っているあいだに、電話は鳴りやんだ。

そのときのローズの顔を見て、エリザベスは涙をこらえることができなかった。

約束したのに、と思った。絶対にわたしを怖がらないって。

20

バーグマンは眼のまえのポインセチアをしばらくじっと見つめたあと眼を閉じた。すぐに後悔した。眼を閉じると、昨夜の夢が暴力的に甦った――ナイフを何度も何度も、可能なかぎり深く刺していた自分の姿が見えた。警察本部長のおだやかな声がオフィスに響き渡った。本部長は今日の〈ダークブラーデ〉紙に載った警察の無能さと視野の狭さについての記事を読み上げていた。バーグマンは昨夜のせいで疲れていて汗まみれだった。それとも、警察本部まで乗ったタクシーの中で汗をかいたのか？　覚えていなかった。唯一覚えているのは、バックミラーに十字架が吊り下げられていたことだ――それとも、それは別の場所、イタリアのトスカーナで過ごしたあの夏の記憶だったか？　妊娠したかもしれないとヘーゲが喜んだあの夏、彼も幸せの絶頂にいた。少なくともその数日間は。すばらしかったあの数日間、自分がどれほど病んでいるのか忘れられた。なのに、帰国したとたん、彼はまた約束を破った。

なぜだ？

バーグマンにもわからない。三十九歳にもなって、自分のことがまるでわかっていない。感情を切り分けることさえできない。一九八八年、漆黒の闇に包まれた森の中に立ち、成長する権利も人間の尊厳もすべて奪われた十五歳の少女を見下ろしたときの感情。その十六年後、警察本部長のオフィスにこうして坐り、もう一度事件を解決するチャンスをよりにもよってこの自分が手にしたことに吐きそうなほど震えている今の感情。このふたつを区別することができない。

彼は力任せに顔をこすり、そのあとテーブルのまわりに坐っている面々を眺めた。同僚たちの顔は真剣で、嘘っぽくて、哀れで、自分の仕事にとことん惚れ込んでいるように見えた。彼らは、殺されたりレイプされたり暴行を受けたりした無数の被害者のことなどまるで気にかけていないのではないか。そんなふうに思えることが時々ある——出世の階段をのぼるために踏みつけているだけなのではないか。上へ上へ。彼らの頭の中にはそれしかないのではないか。反対に下へ下へと向かっている人たちのことなど、これっぽっちも考えていないのではないか。

バーグマンは、隣りに坐っているロイターの顔をちらっと見た。頬がほんのりと赤みを帯びていた。本部長が読み上げている記事の内容を一語一句理解しようとしているふりをしていた。それが見え見えで、少し情けなくなった。視線を本部長に移した。彼女は鼻の先にのっている小さな老眼鏡の位置を調整し、感情を込めて記事を読んでいた。バーグマンは、まるで小学校か中学校の教室に逆戻りしたような気分になった。実際、本部長のうしろの壁に飾られているハーラル国王とソニア女王の肖像画を取りはずせば、平均的な学校の教室として充分通用する部屋だ——薄い色のカバノキの家具、座面に赤いウールのクッションが敷かれた椅子、剝がれかけた漆喰の壁に掛かっている七〇年代の色褪せたアート作品。

少し彼女に厳しすぎるかもしれない、とバーグマンは思った。ハンネ・ロダール本部長は、〈ダークブラーデ〉紙の記事に心底腹を立てているのだろう。クリスティアンヌ・トーステンセンを殺した犯人を見つけたいという、彼女の気持ちは本物だろう。新聞の厳しいことばに煽られ、事件解決を迫られている本部長の尻には火がついている。しかもその火を煽っているやつらがいる。彼女より階段の高いところにいる連中だ。

今はそうやって世界がまわっている——少なくとも最近は。報道が先行して事件を追求し、警察本部がそれを追う。シベリアンハスキーの群れがやみくもに曳くばかりで、犬使いの乗っていない犬ぞりさながら。〈ダークブラーデ〉紙は、ラスクが釈放と賠償金を手にするだろうと早々に書きたて、その日の社説では比類のない辛辣さで司法当局を断罪していた。

「〝司法は、きわめて薄弱な根拠でアンデシュ・ラスクに有罪判決をくだしただけではない。司法関係者は自問すべきだ。もしラスクがクリスティアンヌやほかの少女を殺害した犯人でないのであれば、子供を狙う異常な殺人鬼は今もノルウェーに野放しになっているのではないか、と。ラスクに有罪判決がくだされてから十年以上経った今、別の少女殺しに警察は直面している。今回の事件に関して、警察本部の広報部は小紙の質問に対してきわめて曖昧な回答しかしていない。そのため、われわれはこのわかりきった質問をせざるをえないのである。子供を狙う異常な殺人鬼は今もノルウェーに野放しになっているのではないか〟」

本部長は読むのをやめ、息を深く吸い込んだ。そして鼻の先から慎重な手つきで老眼鏡を取ると、手の中でたたんだ。

沈黙が流れた。全員――男七人と女ひとり――坐ったまま動かず、萎れかけたポインセチアをただ見つめた。壁掛け時計の音が敗北に向かって時を刻んでいる音のように聞こえた。

「いつもながら、遺族に最大限の配慮をした記事ね」とハンネ・ロダールは言い、手にのせた老眼鏡の重さを計るような仕種をした。

バーグマンは部屋を見まわした。別に見たいものがあったわけではなく、彼女の哀れっぽい笑みにただ応えたくなかったのだ。この部屋の中では彼が階段の一番下の段にいる。そんなことなどいつもは一向に気にならないのだが、そんな自分がここに同席していること自体、なんだかえこひいきされているようで、居心地が悪かった。昨日はロイター課長がオフィスにやってきて、現在の状況を説明してくれた。検事総長は今回のラスクの件についてはすぐにでも取りかかれるよう準備を進めたいと考えている。それでも、そのためには、十一、二年まえオスロ警察の聴取を受けていたラスクが突然罪を告白し、〈クリポス〉による捜査を経て、有罪が確定した当時よりさらに確固たる根拠が得られるのを待ちたいと思っている。ロイターの話では、今回はオスロ警察に捜査を指揮してもらいたい――そもそも新たな捜査があるのなら――というのが検事総長の希望だった。ただし捜査自体は慎重に進めてほしいそうだ。オスロ警察に白羽の矢が立ったのは、五人の少女がオスロ地区で殺害されているから、というより、オスロで姿を消したから、と言ったほうがいいかもしれないが。なんとも官僚的な、とバーグマンは思った――ロイターが昨日、こう言い出すまでは。「〝パパ〟・ロダール本部長のご指名だ、トミー。おまえにも捜査に加わってほしいそうだ」ロイターは彼女の苗字のまえにコードネームをつけてからかうのが好きだった。もっとも、〝パパ〟はパトカーの中での彼女の渾名〝マダム・サダム〟よりましだが。

「このラスクという男、ほんとうにぞっとする」沈黙を破ってハンネ・ロダール本部長が言った。彼女はこの事件を担当したがっていない。バーグマンにはそのことが手に取るようにわかった。彼女の気持ちはわかりすぎるほどわかる。今の彼女はまさに地獄の傭兵にでもなったような気持ちでいることだろう。「彼が犯人ではないというのは確かなの？」

「クリスティアンヌ・トーステンセンの殺害に関しては、無罪になるのはほぼまちがいない」長方形のテーブルの向こう端に坐っているフィンネラン検事正が言った。「再審が開始されたということは、もうそれで決まりだ。疑いをはさむ余地はない。私の見込みちがいでなければ、次の事件でも無罪になるだろう。それはつまり、ふたつの可能性を意味している。彼が実際に殺人を犯していながら――それをわれわれは証明できないわけだが――ゆくゆくは無罪放免になるか、もしくは真犯人――ひとりか複数かは別にして――が今も野放しになっているか。私が知りたいのは、証拠の有無にかかわらず、有罪になった事件で実際にラスクが手をくだしているのか、それともわれわれは別の人間を追うべきなのか、ということだ。別の人間とは言うまでもない、フログネル通りでダイナを殺した人物だ。ハンネ、二手に分かれて捜査しよう。われわれはふたつの前線で攻撃を受けている。だから二手に分かれて防戦する必要がある。どちらかの事件で答が見つかれば、ふたつとも解決できるはずだ。ソルヴォーグ刑事には、引き続きダイナの事件を追ってもらう。その先に待っているのが袋小路であろうと。バーグマンにはクリスティアンヌの事件で金脈を探しあててもらう」

「でも、どうしてクリスティアンヌなの？」誰にともなく、ハンネ・ロダールは尋ねた。

「そう、そのとおり」とフィンネランは言った。「どうしてクリスティアンヌなのか」

「クリスティアンヌが本件の鍵だと思ってるんですね？」フィンネランを見ながら、バーグマンは言った。

　訝しげな表情をしていた検事正の眼の色が変わった。

「頭の回転が速いな、バーグマン。鋭い人間は好きだよ。そのとおり、なぜラスクはクリスティアンヌを選んだのか。私は自分に問いかけてみた。殺していないと断言できるのがなぜ彼女なのか。あるいは、ラスクはそのことを明かすことで、外の世界に何かを伝えようとしているのではないか」

「彼はまだなんらかの情報を隠している?」とバーグマンは訊いた。

フィンネランは笑みを浮かべた。その笑みは歓迎できる笑みなのかどうか。バーグマンにはすぐには判断がつかなかった。

「焦るんじゃない、バーグマン。きみに調べてほしいのはまさにそのことだ」

フィンネランがバーグマンに課したのは不可能な命題だった。彼はそれをまるで究極の自明の理のように言った。彼のランクは正式にはオスロ検察庁のトップだが、検事総長から直々に任命され、この国の最高検察庁の判断の大半はフィンネランによってくだされているというのがもっぱらの噂だ。因みに、パトカーの中での彼の渾名は〝プッシーランド〟。それを聞いても誰も驚かない。〝傲慢な馬鹿野郎〟であるだけでなく、手あたり次第に部内の女性検察官を口説くことで有名なのだ。実際、ハンサムで鍛え上げた肉体の持ち主で——それは否定のしようがない——しかも権力を持っているのだ。絶大なる権力を。そういうものは常に女を惹きつける。バーグマンはそう思った。つまりおれとは正反対の男と言うことだ。

「わたしの言っている意味はわかるわよね、スヴァイン」とハンネ・ロダールが検事正に言った。「彼は大人の女性を忌み嫌う豚野郎で、小児虐待者で、頭のてっぺんから爪先まで完全にイカれてる。わたしには騙されているとしか――」

「〈クリポス〉が？」とフィンネランは訊き返した。

「いいえ、わたしたちがよ」と本部長は言った。「わたしたち全員がよ。少女たちを殺したのは彼よ。わたしにはそうとしか思えない、スヴァイン」

「でも、ダイナはちがう」とフィンネランは言った。

「ダイナを殺した犯人は彼女の指を切り取らなかった。それに、ほかの少女ほど傷つけられては――」

「もういい加減にしてくれ、ハンネ。それはただ時間がなかっただけだ。いまだに見つけ出せていない何者かに邪魔をされたからだ。いくら報奨金を出そうと、通報者は見つからないだろう。いつになったらわかってくれるんだ？」

フィンネランは深いため息をつき、両手の長い指の先を合せた。いつのまにか現われたかのように、彼の薬指には幅広の結婚指輪がはまっていた。その瞬間、バーグマンは十六年まえのパトカーの中に連れ戻された。家の窓に浮かぶたったひとつのクリスマス飾りの星、道脇にたたずむ黒い人影、ギアシフトを叩(たた)いたときのコーレ・イエールヴァンの結婚指輪の鈍い金属音。バーグマンはあのときと同じことを今も思った。あのとき、おれはパトカーのドアを開けて走って逃げるべきだった。走って、走って、どこまでも走って逃げようと。今もあのときの気持ちが甦った。

　左のほうからテーブルを叩く音が聞こえ、われに返った。ロイター課長が鉛筆を弄んでいた。その顔は、こんな打ち合わせになど出なければよかったと言っていた。

「何を考えようときみの勝手だが、ハンネ」とフィンネランは言った。「来週、また会議を予定しておきたい」

　そう言って、彼はテーブルの上にブリーフケースを投げ出すように置き、手首にはめた心拍計に眼をやった。フィンネランがクリスティアンヌ殺害の真犯人を見つけ出せれば――ラスクの犯行を証明する新たな証拠を見つけるか、別の犯人を見つけ出すかして――検事長への道が大きく開かれるのはまちがいない。それぐらいのことはバーグマンにもわかった。フィンネランには、クリスティアンヌもほかの者もどうだっていいのだ。彼にとっては出世がすべてなのだ。

「一週間以内に成果を出してくれることを期待してる、バーグマン」立ち上がりながら彼は言った。「きみに与えられた猶予は一週間だ」

　隣りでロイターの鉛筆が折れる音が聞こえた。彼らの向かい側に坐っていたフィンネランが、テーブルの真ん中に置かれたポインセチアに急にアレルギー反応を起こしたかのように咳込んだ。秘密裏におこなわれる、このいわゆる予備調査がどのように進められるかについては、バーグマンは何も知らされていなかったが、砂漠の中で水を探しあてるための人数と具体的な名前が警察本部長からフィンネランに伝えられているのは、誰の眼にも明らかだった。

「一週間以内に、追求すべきものがあるのかないのか、その答がほしい。いいな。普通なら、ラスクに対する有罪判決を死守すべくあらゆる手段を尽くすことを薦めるところだが、今回はちがう。そんなことをするのは、暖まるためにズボンの中で小便をするのと変わらない。一週間だ。わかったな。念を押しておくが、可能なかぎりこのことは口外するな」

フィンネランの話し方は、軍隊時代のブートキャンプをバーグマンに思い出させた——有無を言わせぬ命令と疑問をはさむ余地のない日々を。

フィンネランは続けた。「ラスクは、できることなら一生拘束しておきたい。今度も捜査でしくじったら、どんなことになるか想像してほしい。いずれはダイナ事件のダムも決壊するだろう。結果として、ラスクがらみの全事件について再審への圧力が強まるのは必至だ。私としては、法務省がその決断をくだすのをできるかぎり食い止めておきたい。そのことについてはすでに手を打ってある」

沈黙が流れた。その沈黙を破りたいと思う者は誰もいなかった。部屋の中にいるほかの七人は、昔のラスクの事件の裁判が再開されるかどうか、それが今やスヴァイン・フィンネラン検事正とトミー・バーグマン刑事に委ねられたことに、内心安堵（あんど）しているようだった。

「クリスティアンヌが発見されたとき、トミーは現場にいたんですからね……」とフィンネランが言った。

この馬鹿が、とバーグマンは思った。

フィンネランは顔をしかめ、首を傾げた。バーグマンはフィンネランの反応を無視するようにそっけなくただ手を上げて言った。

「必要な情報は？」犯人はクリスティアンヌの腹を切り裂き、体をばらばらに切り刻んでいた。ギアシフトにあたる結婚指輪の金属音、ビニール袋が開かれる音、クリスティアンヌ・トーステンセンのにおい、体じゅう鳥についばまれているにもかかわらず、きれいなままの顔。いったい、どうしたらこんなことが起こるのか？

「捜査にはスサンヌと一緒にあたってくれ」と咳払いをしてからロイターが言った。「おまえたちふたりは口が固いからな。それに彼女はおまえよりしっかりしてるし」

押し殺したような笑い声が聞こえた。テーブルをはさんで目配せがなされた気配があった。それにどんな意味があるのかバーグマンにはわからなかった。ハンネ・ロダールは決まり悪そうな笑みをフィンネランに向けた。

「必要な情報はこの本部内で手にはいる」とフィンネランは言った。「しかし、くれぐれもめだつようなことはしないでくれ。どうもきみはみんなの自慢の種らしいな、バーグマン。その自覚は持ったほうがいい。もし気になることがあれば、いつでもいいから私に電話しろ。昼でも夜でもかまわない。いずれにしろ、来週また会おう。それまでになんらかの成果を持ってきてくれ。〈クリポス〉が見逃した何かを」

　フィンネランはそう言うと、バーグマンの肩に手を置いて強く握った。

「犯人にたどり着ける何かを持ってきてくれ」

21

電話の一件があって以来、エリザベス・トーステンセンはローズとことばを交わしていなかった。今はオオカミの毛皮にくるまってテラスの椅子に坐り、眼下に広がるフィヨルドを眺めている――ウルヴォャ島、モルモヤ島、その先に見えるネースオデン半島。手にはまだ火をつけていない煙草。そのとき、下のほうから鉄道の音が聞こえてきた。葉の落ちた垣根越しに、列車の窓ガラスに顔を押しつけ、ガラスを叩いているクリスティアンヌがはっきりと見えた。エリザベスは椅子から立ち上がり、煙草を手に持ったまま庭を駆け抜けた。必死になってシナノキの分厚い垣根に隙間を開けようとしたが、手の甲に引っ掻き傷をつくっただけだった。葉がすっかり落ちてしまった黒い枝の上から顔をのぞかせ、列車が遠ざかる音を聞いた。列車の音が聞こえなくなると、モッセ通りを行き来するたえまない車の音、生きる目的をまだ失っていない人々の生活の音が聞こえてきた。

手の甲の傷口ににじんだ血を吸った。血の色と、鉄の淡い香りのする甘い血の味のせいで、めまいがした。ゆらゆらと垣根にもたれかかり、意識を失った。

意識が戻ると、雪の上に仰向けになって倒れていた。温かい手が彼女の手を握っていた。眼を開けると、舞い落ちる雪が眼に突き刺さってくるように感じられた。刃物のように。

「ああ、奥さま」とローズが言った。

その光景は現実離れして見えた。ブラウスとスカートの上にエプロンを着け、スリッパしか履いていない東洋の美しい女の黒髪は雪で覆われていた。彼女は故郷からあまりに遠く離れた北の異国にいる。

帰っていいのよ、と彼女はまた眼を閉じながら思った。彼女自身はまだ暖かかった。毛皮にくるまってさえいれば、何時間でもこうして外で横たわっていられる。

「電話には出なかったの？」と静かな声でエリザベスは尋ねた。

「はい」

「立ち上がるのを手伝ってくれる？」

家の中に戻り、二階のバスルームでローズの手を借りて服を脱いだ。

「わたしのこと、しっかりつかまえていて」全裸になってエリザベスは言った。浴槽に湯が溜まっていくのをじっと見つめた。蛇口から流れ出た湯はうずを巻き、切り裂かれた腹から溢れ出る血のように泡立っていた。脚の力が抜け、ローズの腕の中に倒れ込んだ。

「ひとりにしないで。お風呂にはいっているあいだ、ずっとここにいて」

ローズに額を撫でてもらい、彼女は湯に身を沈めた。もしこの場にローズがいなければ、そのまま頭まで湯に浸かり、口を開けただろう。

まるで夢の中のように、階下（した）からまた電話の呼び出し音が聞こえてきた。今朝のデジャヴュのようだ。エリザベスはバスタブから出ると、鏡に映った自分の姿を眺めた。
「わたし、まだきれいでしょ？　そうは思わない、ローズ？」そう言うと、探るような笑みを家政婦に向けた。

電話の呼び出し音が聞こえなくなった。

彼からだったのかもしれない。

一時間後、アスゲイルが買ってくれた新しいメルセデスを車庫から出し、その十五分後にはスコイエンブリーネ通りを走っていた。

昔住んでいた家の壁は今も赤いままだった。その数メートル先に車を停めた。煙突から灰色の煙が細く立ち昇っていた。心の中にじわじわと失望感が広がった。家の中を歩きまわり、クリスティアンヌの部屋が見たかった。それにアレックスの部屋も。眼を閉じると、家の中を歩いている自分の姿が見えた。階段をのぼり、ニスが塗られたマツ材の床の広間を横切っている姿が。金（かね）の使いすぎだと前夫のペールエリックに言われた絵画が飾られた、白い壁のそばを歩いている姿が。さらにその奥にある夫婦の寝室にはいる姿が。

落ちていた数本の髪の毛。見まちがうはずがない。

車のドアを開け、雪の中に出た。雪はますます激しく降っており、隣接する家々の向こうはもうほとんど見えなかった。

鋳鉄製の門を開けて中にはいった。数歩進んだところで、キッチンの窓に人影が動いているのが見えた。キッチンに立っている自分をしばらく思い浮かべた。あの頃は幸せだった。でしょ？

庭にはいっても大丈夫だという声が頭の中で聞こえた――誰にも見られることはない。しかし、全身が麻痺（まひ）したかのように彼女はそのままそこで立ち止まった。最後には理性が勝ち、急いで戻って門を閉めた。

車を走らせ、昔の家から離れたものの、昔の隣人の家のまえでまた停めた。彼らはきっとこの近所の状況をよく知っているだろう。そして、前夫のペールエリックが彼女にしたことも。

エリザベスは、今住んでいる家の方向に眼をやった。ここから今の自宅は見えない。それでも、昔の家のすぐ近くに今も住みつづけているのは、クリスティアンヌの思い出に対する冒瀆（ぼうとく）のような気がした。

財布を助手席の上に置いていた。その中からクリスティアンヌのパスポートの写真を取り出した。今でも持っている唯一の写真だ。昨年の夏、なんの予告もなくクリスティアンヌの兄のアレックスから送られてきたのだ。〝ぼくが持ってた〟というメッセージを添えて。

クリスティアンヌがあげたの？

なんでアレックスはそれを取っておいたの？　息子はクリスティアンヌのものを取って

いたのに、なぜ自分は何も取っておかなかったの？

彼女は携帯電話を取り出してアレックスの電話番号を探した。考える時間をつくらないように、急いで通話ボタンを押した。

彼の声は、まるで別人の声のように遠くから聞こえた。〝もしもし〟は挨拶というより質問に聞こえた。

「もう見た？」彼女の声はとても小さく、自分にも聞こえないほどだった。うしろの家の中から、誰かの視線を感じた――廊下の突きあたりの窓辺に立っているクリスティアンヌ。何もかも見られている。何もかも聞かれている。この電話の話さえ。

アレックスは答えなかった。彼女は、はるか遠くトロムソにいる息子の姿を思い浮かべた。この暗い季節をどうやって過ごしているのだろう――整った顔だち、黒い髪。医大にかよっていた頃に一度だけ訪ねたことがあった。アレックスは地下牢のようなひどい部屋を本土に借りて住んでいた。そこはすべてが暗く、冷たく、悪夢のような部屋だった。

「なんであんなことを？」と彼女は言った。

電話の雑音だけが聞こえた。

「エリザベス」と彼は言った。あきらめたような、父親のような声音だった。彼女は腹が立った――あなたに何がわかるというの？　あなたがわたしの立場だったらどうしたというの？　彼女の中のすべてが音をたてて崩れた。

彼女は泣きだした。初めのうちは静かに、次第に泣きじゃくるようになった。

「なんで昔みたいに〝お母さん〟って呼んでくれないの？」

「ひとつだけ約束してほしい」と彼は言った。

彼女はなんとか涙を呑(の)んで言った。

「ええ」

「もう二度と電話してこないでくれ」

22

打ち合わせのあと、バーグマンは何をする気にもなれず、オフィスの椅子に坐っていた。窓の外は真っ白な雪の壁が立ちふさがっているようにしか見えず、警察本部の外には何も存在していないかのような感覚を覚えた。当時——十六年まえ——〈クリポス〉が見逃した何かを探し出す。一週間以内に。

男の四割は血液型がA型で、バーグマン自身もそうだ。ただ、たとえ男の一割のDNAが犯人と同じ酵素的特徴を持っていたとしても、少女ふたりに由来するもの——髪の毛とノート——が自宅から見つかったのはアンデシュ・ラスクだけだ。その一方、ダイナよりまえの事件では被害者の爪の裏から皮膚片は検出されていない。抵抗できないうちに両手を背後で縛ったのだろう。まずは最初に殴って意識を失わせてから。そのあとクリスティアンヌは全身を切り刻まれていた。

一週間以内に何かを見つけ出すためには、チームのひとつやふたつは必要だ。ところが、彼にはスサンヌしかいない。しかも彼自身が選んだわけでもない。彼女は充分に優秀だが、一週間で成果を出すにはふたりだけでは無理だ。もしスサンヌが今週も娘の面倒を見なければならないのなら、今すぐにもあきらめたほうがいい——そうでなくても、バーグマンはひとりで昼も夜も、いや、それ以上働きつづけなければならない。せめてどこから手をつければいいのかぐらいわかればいいのだが。ダイナの体内および体外から検出されたDNAはデータベースに登録されている型とは一致せず、以前の殺人事件の証拠はすべて破棄されていた。クリスティアンヌ事件で検出されたDNAの解析結果は精度が不充分だったため、すべての事件の犯人は同一人物かもしれないということしか言えない。今の技術なら、当時のDNA検体からもう少し詳細な解析が可能だったかもしれないが。なにより問題なのは、ノルウェーの傲慢で独善的な民主主義によって、法的拘束力のある判決が出ると、そのあとは証拠が破棄されてしまうということだ。場合によっては、被害者の所持品が遺族に返却されることもある。しかし、犯人の痕跡の付着した衣類を引き取りたいという遺族などいるだろうか。そもそも、クリスティアンヌ事件の場合、DNAは彼女の体の表面と内部からのみ検出された。衣服は発見されなかった。

突然〝わたしのせい〟ということばが耳の中でこだました。

クリスティアンヌの母親が叫んだことばだ。

パソコンのマウスを動かすと、画面に〈ダークブラーデ〉紙のウェブサイトが表示され、クリスティアンヌ・トーステンセンの顔写真が現われた。バーグマンはとっさに視線を落とした。彼女の眼の青い虹彩を見つめたくなかった。

彼は新聞のウェブサイトを閉じ、司法部の国民登録台帳にアクセスした。クリスティアンヌの父親であるペールエリック・トーステンセンはトゥヴェイタ地区に現住所が登録されていた。バーグマン自身が育った場所から眼と鼻の先だ。その住所に登録されているのは彼ひとりだった。グーグルを簡易検索すると、フーリュセット小学校のIT部門にパートタイムで勤務していることがわかった。電話番号はイエローページに載っていた。

次に、〝名前もしくは旧姓〟の検索窓に母親の名前を入力した。

エリザベス・トーステンセン。

彼女の電話番号は携帯電話に登録してあったのだが、登録して一週間後に削除していた。なぜ彼女がダイナの葬儀の場に来たのか、どうしても理解できなかった。単なる同情心から？　そうだとしても、苦痛をまた味わうことになるだけなのに。彼女には彼女なりの理由があったのだろう。あのときはそれ以上理解するのはあきらめた。

しかし、今この状況になって、どうしても連絡を取りたくなった。それがどれほどの苦しみを彼女にも自分にももたらそうと。

バーグマンは実行キーを押し、窓の外の真っ白な雪の壁をじっと見つめた。このビルの中にいる者は世界から孤立している。そんな思いにとらわれた。十代の初めの頃に見たSF映画を思い出した。核汚染からたった数百人の人類が生き残り、そのあと終わりの見えない冬が訪れる。ちょうどこの吹雪のような。

視線をパソコン画面に戻した。

彼女の名前は今もエリザベス・トーステンセンのままで、オスロ市ベッケラーゲ地区のベッケラーゲステラッセン通りに住んでいた。しかし、電話番号はもう登録されていなかった。彼女の今の夫はアスゲイル・ノーリ、一九四五年生まれ。彼女にはふたりの息子がいる――クリスティアンヌの兄のアレクサンデルと、アスゲイルとのあいだに一九九二年に生まれた十二歳のペーター。

アスゲイルの電話番号はイエローページに載っていた。携帯電話の番号がふたつに固定電話がひとつ。

アスゲイル・ノーリ。聞き覚えがあるような気がするのはなぜだろう？

グーグル検索をすると、彼が不動産会社を経営していることがわかったが、特にぴんとくるものはなかった。会社――〈プロパティ・サーヴィス〉社――のホームページによれば、不動産開発と不動産管理サーヴィスを業務としているらしい。退屈そうな仕事に思えたが、ブロンノイスン登録センターの年次報告書を見るかぎり、経営は順調のようだ。再婚したエリザベス・トーステンセンが金に不自由していないのは、税務情報を見ても明らかだった。

気が変わるまえに、バーグマンはベッケラーゲ地区のアスゲイル・ノーリ宅の電話番号を入力した。

長いこと呼び出し音は鳴りつづけた。いつ留守番電話に切り替わるかと待ったが、一向に切り替わる気配がなかった。時計に眼をやると十時。きっと仕事に出ているのだろう——ただ、エリザベスが働いているとは思えなかったが。

　またかけ直そうとあきらめかけたところで、相手が受話器を取った。

　しかし、なんの応答もなく沈黙が流れた。

「オスロ警察のトミー・バーグマンです」声が思わず大きくなっていた。

　電話の相手が息を呑んだのがわかった。何か言おうとしているようだが、ためらっているのか、声は聞こえなかった。

「エリザベス・トーステンセンさんと話したいんですが」

　相手は電話を切った。

　バーグマンはアスゲイル・ノーリの名前で登録されている携帯電話のひとつに電話をかけた。すぐに出た——獲物をくわえて持ってきた飼い猫に対するようなぶっきらぼうな応答だった。

　バーグマンが自己紹介すると、アスゲイルの態度があからさまに変わった。

「エリザベスさんと話がしたいのですが」とバーグマンは言った。

「今、病気で休んでいます」

　数分かけてアスゲイルを説得し、ようやく彼女の携帯電話の番号を聞き出した。三度かけ直してようやくエリザベスが電話に出た。

「エリザベス・トーステンセンさんですね？」

「はい」電話の向こうで女性の声が答えたが、あまりにも小さな声でほとんど聞き取れなかった。

チャンスはこの一回しかない。バーグマンにはなぜかそんな気がした。「電話したのは――」クリスティアンヌという名前がすぐには言えず、言いよどんだ。「アンデシュ・ラスクが再審請求したためです」むしろクリスティアンヌの名前を出したほうがよかったかもしれないと後悔したが、もう手遅れだった。

受話器の向こうから聞こえたのは、「さようなら」と言うくぐもった声だった。

それだけで電話は切れた。

バーグマンは眼を閉じた。彼には、スコイエンブリーネ通りの家のキッチンの床に坐っているエリザベスの姿を今でも鮮明に思い出すことができた。深い傷を負った手首、嘆きに歪んだ絵画のように美しい顔、すべての希望を失った絶望のまなざし。

彼はもう一度電話番号を入力したものの、気が変わり、途中で切った。

椅子から立ち上がって洗面所に行き、顔を洗った。冷たい水のおかげか、眼の下の隈が少し薄くなったような気がした。

オフィスに戻り、ペールエリック・トーステンセンに電話した。

「おかけになった電話番号は……」

固定電話にもかけてみたが、やはりすでに使われていないというメッセージが流れた。下唇を噛んで自分の両手をしげしげと見つめた。きつく拳を握りしめ、また開いた。それを何度も何度も繰り返した。携帯電話を取り出し、〈ダークブラーデ〉紙のフランク・クロコールの電話番号を探し出した。

クロコールが電話に出ると、手の内を明かすことなく、いつもの場所で会う約束を取りつけた。

時計を長いこと見つめた。クロコールとの夕食まであと八時間ある。

スサンヌには何をさせればいい？　〝彼女はおまえよりしっかりしている〟。ロイターはそう言わなかったか？　それがほんとうならいいのだが。

スサンヌはオフィスで電話をかけていた。机の上はきれいに整頓されていた。パソコンのほかに、現在手がけている事件に関する資料を完璧に整理して収めたフォルダーと、〈未処理箱〉と〈既決箱〉が置いてあった。ゴミ箱の中身は日に最低一度は捨てることにしているらしい。シンプルなアクリル製の写真立てに入れられた娘マテアの写真がふたつ並べてあった。インテリア・デザイン雑誌の取材がいつ来てもいいように準備しているのだろうか。どうしたらそんな生き方ができるのか、バーグマンにはまったく理解できなかった。その逆を言えば、彼の現在の生活も彼女にはとうてい理解できないだろうが。言うまでもなく。

ドア枠にもたれてしばらく彼女の様子を眺めた。覚えていた髪の色より明るいのは、ハイライトを入れたばかりだからだろう。彼女を見ていると、嫌でもヘーゲのことが思い出された。気休めに異なる点を自分に言い聞かせた——スサンヌは暗いブロンド、いや、どちらかというとブルネットで、眼の色は青ではなく茶色だ、などなど。そもそも彼女のことが気に入っているのかどうかもわからなかった。実際はどうなのか。彼女は十年以上パトロール警官として勤務しており、その点は気に入っている。その上、法学位を取得するにはあと修士論文さえ完成させればいいだけというところまで来ている。彼自身も以前は同じようなことをしていたのだ。が、時間がなかった。もちろんそんなのは言いわけにすぎない。彼女には小さな娘までいるのだ。

結局のところ、彼女はよくやってるんじゃないのか？

バーグマンは思いきりドアを叩いた。彼女は飛び上がって椅子をまわし、ドアのほうを向いた。

「またあとでかけ直します」そう言うと電話を切った。

「クリスティアンヌ事件のことはもう聞いてるんだろうな？」

彼女は頭の上にのせていた読書用眼鏡が落ちそうになっているのを取ろうと、髪をまさぐりながら、返事はせず、ペンシルできれいに形づくられた黒い眉をひそめた。

「おれときみのふたりで事件を解決することになった」

彼女は探るような笑みを浮かべた。それは普通の笑み――バーグマンの嫌いな傲慢で自己中心的なタイプだと証明するような笑み――ではなく、慎重でためらいがちな笑みだった。

「一週間ある」

「ほんとうですか?」今ようやく彼のことばが理解できたかのように、彼女はいたって生真面目な声音で訊き返した。急に暑苦しくなったのか、体にぴたりとフィットした厚手のセーターの襟元を引っぱった。

「いったい誰がそんなことを――?」

「フィンネラン御大の命令だ。もちろん本部長も了承済みだ。きみとチームを組むようにロイターに言われた。おれが抱えているほかの仕事は、課長が一週間引き受けてくれるそうだ。というわけで、おれたちは一週間でなんらかの成果を挙げなきゃならない」

スサンヌの眉間の皺が深くなり、冬のように白い顔の中で頬に赤みが差した。

「誰、つまりあなたと――」そこで彼女はことばを切った。

「え?」

彼女は首を振った。

「なんでもありません」

「チームはチームだが、別々に行動することになる。悪いが、きみには雑用を引き受けてもらう。〈クリポス〉にはおれが電話するから、きみは直接出向いて必要なものを受け取ってきてくれ。この件以外の案件は保留にするように」

彼女はどこか妙な表情を浮かべると、手首に巻いていたヘアバンドを取って髪をうしろできつくポニーテールに結わえた。そして、茶色い眼鏡をかけて言った。

「わかりました。〈クリポス〉に電話してください」

「来週はどれくらい働ける？」

「つまり、どれくらいマテアの面倒を見ないといけないかってことですか？」

「そうだ」

「それが何か問題になりますか？　元夫もいますし、女友達もご近所さんも両親もいます。なんとかします。そんなこと、よくご存知のはずだけど」

彼は両手を上げた。

「了解だ。じゃあ、すぐにでも行ってくれ。」と彼は言った。「おれもすぐ電話する」

午前は電話をかけまくって終わった。

まず、アンデシュ・ラスクが収容されているトーテンのリングヴォル精神科病院に電話した。医長のフールバルゲはノンストップで一時間しゃべりつづけた。自分は神が人類に与えた最高の贈りもの。そんなことを信じている典型的な男だった。電話を切ったあと、中身のない話で時間を無駄にしてしまったという後悔が残った——こっちがほんとうに聞きたい話の核心には触れさせないよう、あの男はわざと無駄話をしたのかもしれない。

次の一時間半は、ラスクが逮捕されるまで捜査を指揮していた〈クリポス〉の元捜査官との電話に費やした。話を聞いてもほとんど役には立たないだろうとは端から思っていた。が、それどころの話ではなかった。元捜査官はかつての捜査の弱点を隠そうと必死だった。ヨハン・ホルテ警部はノルウェー警察史上最も偉大な英雄として引退した。アンデシュ・ラスクを打ち負かした男として。七十歳を過ぎた今、ラスクの新しい弁護士の手で自分の栄光に満ちた神話が粉々に砕かれるのは、なんとしてでも阻止したいのだろう。

しかし、フィンネラン検事正が正しければ、まさにそれが現実になろうとしている。

「ラスクの犯行だと確信しているんですね？」とバーグマンは言った。

「確信だと？」吐き捨てるようにホルテは言った。それで相手が萎縮すると今も思っているのだろう。「ラスクは抜け目のないクソ野郎だ、バーグマン。リングヴォルの連中はみんなやつに騙されてるんだ。そのことは覚えておくといい。それに、やつがこのおれに好意を持っていると思うか？」ホルテは鼻を鳴らした。「やつがこっちに来るようなことがあったら、おれはこの手で殺してやる。殺してから心臓に杭を打ち込んでやる。ドラキュラみたいに。もう二度と生き返らないようにな」

23

壁掛け時計の針が不気味なほど早く進んでいた。ほんとうに合っているのか、スサンヌ・ベックは腕時計を見て確かめた。資料保管室の責任者に眼をやると、資料のはいった最後の箱をカートにのせているところだった。しゃがみ込んでいる彼の尻は見るたび大きくなっているような気がして、彼女は思わず視線をそらした。

もう二時間も経ってしまった。

残りはあと二時間。

砂時計が頭に浮かんだ——ガラス容器のくびれた部分をものすごい速度で砂が落ちている。今のこの状況をなんとかコントロールしないといけない。人生が懸かっているのだから。これが最後のチャンス、と彼女は思った。トミー・くそったれ・バーグマンが一日じゅう自分の机でふんぞり返って電話をかけているあいだ——それで一週間以内に事件を解決できると本気で思ってるの？——彼女はいわゆる〝雑用〟で駆けずりまわらないといけない。巨象のようなあの男に微笑み返すしかない。いつも母親はなんて言っていた？「何か言ってほしければ男の人に頼みなさい。何かやってほしければ女の人に頼みなさい」スサンヌは文句を言うタイプではないが、召使いや使い走りに成り下がるのはごめんだった。捜査課に志願したのはこんなことをするためではない。こんな仕事は秘書にでもやらせておけばいいのだ。そうすれば、わたしの手で今日のうちにも捜査の突破口を開くことができるかもしれないのに。男支配のやり方に唯一取り柄があるとすれば、それは見え透いてわかりやすいところだ。

　しかもフィンネランの命令？　なんなの、それ？

どう考えればいいのかわからなかった。今朝の打ち合わせには呼ばれなかった——フィンネラン検事正がわたしにそんな権限を与えたがらなかったのだろう。それでも、二次情報しか得られなくてもバーグマンを補佐するだけなら、充分に役に立つと思われたのかもしれない。きっとまたわたしのパンティを脱がしたいだけなのだ——フレデリク・ロイターの家で開かれた真夏のパーティの夜のように。そのあとの五回と同じように。スサンヌは、さまよう視線の女たらしとは金輪際関わらないことを自分に誓った。

狡猾（こうかつ）な悪魔。

　暫定的な今の立場にはあと二ヵ月しか留まることができない。だから、何がなんでも成果を挙げなければならない。さもなければ、またパトロール警官の仕事に逆戻りだ。おまけに、離婚した今は以前のようなシフトでは働けない。昨年の秋、常勤の捜査官として暴力・性犯罪課への異動を願い出たのだが、却下された。その理由は彼女にもわかっている。それが今、もう一度チャンスをやろうと思ったらしい。これが最後のチャンスだ。もうすぐクリスマスだから、フィンネランもいっとき寛容な気持ちになったのかもしれない。古くさくて不誠実なあのクソ男に、彼女の一部は「地獄に堕ちろ」と言いたがっていたが、別の部分は彼の隣りで目覚めたいとも願っていた。しかし、朝までは絶対に一緒にいてくれない。フィンネランには彼と同年代の妻がいるのだから。

あの六月の夜、既婚者と知りながら関係を持ち、彼の妻を裏切ってしまった。泥酔していたから、と言いわけしても、一向に気持ちは楽にならなかった。でも、どうして自分を責めなくちゃいけないの？　ニコライには挽回のチャンスをいっぱいあげたのに、もう限界だったじゃないの。離婚したい。そう言ってニコライを追い出してからの半年というもの、わたしはまさに尼僧のような生活を送ったじゃないの。

いずれにしろ、あの夜は情けないくらい酔っていた。

でも、そのあと数回のスヴァイン・フィンネランとの情事のときには、完全に素面だった。自分の気持ちが純粋なものなのか確かめたかったから。

父親と同じくらいの年齢のフィンネランは、思った以上に彼女の心をつかんでいた。まだその準備はできていなかったのに。それでも夏が秋へと移り変わるまえに、なんとか関係を絶つことができた。だからと言って、それは彼のことを考えなくなったという意味ではない。

彼は二度の結婚をしていて、不誠実さにかけては悪名高く、二十歳も年上だ。でも、スヴァイン・フィンネラン検事正から送られてきたテキストメールは今でも携帯電話の中に保存してある。もう会わないと彼女が宣言してからも、十通から十五通はメールを送ってきた。最初のメールよりあとになればなるほど、媚びるような文面になっていた。彼の中では、スサンヌのような女性から拒絶されるなど、とても考えられなかったのだろう。彼女は離婚したばかりで五歳児を育てるシングルマザーにすぎない。それに対して、彼はこの世のすべての権力を持ち、彼女を警察組織の中で好きなように動かすことができる立場にいる。ニコライと離婚したあと、ほかの誰かと再婚することもできた。けれども、出会う男はみんなニコライのような男だった。子供がそのまま大きくなっただけで、娘の面倒を任せることもできず、一緒に暮らしたら、彼女の望むような生き方などとてもできないような男ばかりだった。ニコライはよくこんなことを言ったものだ――おれは子供と遊ぶのが得意な父親だ、と。でも、それにも限度というものがある。限界を定めない彼の性格も離婚のきっかけのひとつと言える。いずれにしろ、すべてが彼女の望むようにはいかなかった。

わたしの望むようにはいかなかった？　そんなことを改めて思い起こしながら、無意識に資料保管室長の手に軽く触れた。

彼女はそれを笑ってごまかし、資料貸出届に記入しようと頭の上の眼鏡を探して髪をまさぐった。室長はふたりのあいだのカウンターを指差し、そこに置いてあった眼鏡を彼女のほうに押しやった。

彼女は自分の署名を見つめた。スサンヌ・ベック。昔よりましになったが、今でも子供っぽくて見るからに自信のなさそうなサインだ。まるでわたしの人生そのもののような。不安定で方向性が定まらず、一個所にしっかりと足を据えて立ちつづけることのできないわたしの人生そのもののような。

スヴァイン・フィンネランがそんな人生にまた首を突っ込んでくる？　冗談じゃない。

資料保管室長に手伝ってもらい、事件ファイルの詰まった重い箱を満載した三台のカートを搬出口まで運んだ。資料のあまりの多さに憂鬱になった。その感覚は十代の頃に経験した鬱状態の感覚に似ていた。年齢とともに克服したと思っていたのだが、ただ仕事のために抑え込んでいただけなのだろうか。それともすべては娘のせい？

ひょっとしたら、ただ単に箱の中の資料を見るのが嫌なだけなのかもしれない。トンスベルグ市で殺されたアンヌ＝リー・フランセンのことはほとんど思い出せなかった。一方、クリスティアンヌの事件のほうは嫌でもよく覚えている。当時の新聞に書かれていたことは諳（そら）んじることができるくらいよく覚えている。でも、クリスティアンヌのことはいつもはできるだけ考えないようにしている――彼女と同じ年頃だった少女たちはなみなそうしていたことだろう。彼女はクリスティアンヌよりひとつだけ年上だった。その冬はもしかしたら自分だったかもしれない被害者の写真が毎日新聞に載った。それが心底怖かった。だから、春になって世の中がもとの日常に戻るまで、スサンヌは決してひとりだけでは出歩かなかった。母親からは神経過敏になっていると言われたけれど。クリスティアンヌ事件のせいで高校一年生の一年が台無しになったと話したときにも、母からは同じことを言われた。一九八九年二月に若い娼婦が殺されたときにはそうでもなかったが、クリスティアンヌ事件については、被害者は自分だったかもしれないと強く思い、しばらくのあいだ被害者と自分とを重ねていたのだ。

タクシーのトランクに資料の箱を積み込み、最後の二箱は助手席にのせた。

「どこに坐るつもり？」と二十代前半の若い運転手が訊いてきた。

ひとつは膝の上に抱え、もうひとつは足の下に置いて警察本部まで戻った。運転手のレオ——南米のチリの出身——はヘリスフィルからの道中、ずっと冗談を言っていた。彼女はこういう男が好きだ——軽くて気ままでなんの心配事もない。レオが何か言うたび彼女は微笑んだ。このさきに待ち受けている深刻な事態をいっとき忘れることができた。

「今度コーヒーでもどう？」搬入口の外に車を停めると、レオは言った。

「こんなおばさん相手に何を言ってるの？　それよりこれを運ぶのを手伝ってくれる？」そう言って、彼に箱を渡した。彼女の心変わりを期待してか、彼は名刺を渡してきた。

「気をつかわなくてもいいから」と彼女は言った。

すべての箱をオフィスに運び込むと、息もできないほど箱が部屋を埋め尽くした。バーグマンからは、一番重要なファイルのコピーを取るように言われている。一番重要？　そもそも何が一番重要なファイルなのかもわからないのに。被害者である三人の娼婦に関する資料を持ってこなかったことにうしろめたさを覚えた。捜査官として仕事をするようになって九ヵ月、なんの成果も挙げていない。あるのは、成し遂げられなかったすべてのことに対するうしろめたさだけだ。パトロール警官なら、問題は次のシフトの担当者に引き継げばいい。でも、今は何もかも自分自身で解決しなければならない。捜査というのはこの世のあらゆる不幸の終着駅だ。

午後の残りは資料のコピーと整理に費やされた。

半分終わったあたりで、単純作業に嫌気が差し、コピー室で〈クリポス〉の概略報告書を読みはじめた。数ページ読んだところで、子供時代に夏休みを過ごしたヴァーレルで見た稲妻のように、ひとつの記憶が彼女の頭を撃ち抜いた。

〝ふたりの目撃者〟。

当時、彼女はパトロール警官になったばかりで、まわりの話題はラスクの裁判でもちきりだった。

ふたりの目撃者が法廷で証言することはなかった——すでにラスクは自白しており、証言は必要ないと見なされたからだ。しかし、ふたりの目撃者は土曜日にクリスティアンヌを見たと言っていた。そう、確かにそうだったと彼女は思い出した。ふたりのうちひとりの証言について、新聞――〈ヴェルデンス・ガング〉か〈ダークブラーデ〉のどちらか――に書かれていたのは確かだ。見出しは〝クリスティアンヌをスコイエンで目撃〟だった。

あの土曜日、クリスティアンヌはふたりの人物に目撃されていた。ひとりはオスロ中央駅、もうひとりはスコイエン地区で彼女を目撃していた。確か鉄道橋の下だったはずだ。

アンデシュ・ラスクの供述では、クリスティアンヌとはオスロ中心街で会う約束をしようと思ったが、彼女は彼がタウンハウスを借りていたハウゲル地区にやってきた。ラスクはひとこともスコイエンについては語っていない。彼が自白したとき、その内容はすべて真実だと判断された。自白内容にはまちがいも矛盾もいっさい見つからなかったからだ。そのため、目撃者の証言はもはや必要ではなくなったのだ。

スサンヌはもう一度、概略報告書を読み返した。

〝十八時三十分、クリスティアンヌはオスロ中央駅でG・グンダーセン氏に目撃されている〟。十二ページにそう書かれていた。が、ほかには何も書かれていなかった。わたしの記憶ちがい？

走らずにできるだけ早足で自分のオフィスに戻る途中、廊下で誰かにぶつかった。顔を見ようともしなかった。

「ごめんなさいのひとこともないのかよ」背中越しに聞こえてきた。

「どのバインダー?!」オフィスに戻ると彼女は自分に叫び、さしあたって必要のない書類を床に放り出した。バーグマンを出し抜くことができれば、彼女に対する誉めことばのひとつやふたつ引き出せるかもしれない。テーブルの上にすべての成果を並べ、彼のためにこの事件を解決してあげよう。〝〈クリポス〉が見逃した何かを探し出す〟。絶対にやってみせる。

五冊あるバインダーのうち、クリスティアンヌ事件の目撃情報が記載されている二冊目のページを忙しなくめくった。一九八八年の十一月と十二月——量からすると、一九八九年にはいってからの分も含まれているかもしれない——に警察が受け取った情報は複数の箱に詰められていたが、そのどれもまだ開けていなかった。まちがいなく、中に含まれているのは、ノルウェーじゅうの精神異常者やまわりが見えない人間から寄せられた断片的な情報だろう。彼女自身、何度か情報受付窓口で電話対応をしたことがあったが、目撃したと主張する人たちの情報にはかぎりがない。実際、クリスティアンヌが殺害されたあの土曜日、彼女をちらっと見かけたという目撃情報はオスロ市内のあらゆるところから上がっていた。広く出まわった情報の中には、出所が自称マスコミや信仰治療家というものも少なくなかった。

ほどなくして、G．グンダーセンを聴取した際の情報が見つかった——ゲオルグ・グンダーセン、八十歳、モス市の会計士。聴取は二回おこなわれていた。一回目は十一月三十日にモス警察署でおこなわれ、そのときにはクリスティアンヌを目撃したのは〝ほぼまちがいない〟と証言していた。二回目はその二日後、十二月二日にグロンランド警察署でおこなわれ、聴取をしたのは〈クリポス〉のホルテ刑事。彼女には聞き覚えのない名前だった。

二回目の聴取の記録には〝ほぼまちがいない〟ということばは書かれていなかった。グンダーセンは〝絶対にまちがいないと確信している〟と言い換えており、モス警察署での一日目の聴取のときと変わらないしっかりとした筆字で、証言内容を記録した書面に署名していた。聴取書には、ホルテのメモ——グンダーセンは信用に値する目撃者である——が添付されていた。

スサンヌは戸籍データベースを検索し、予想された結果ながら、がっかりした。グンダーセンは一九九八年に亡くなっていた。

それなら、もうひとりの目撃者は？　新聞に載っていた麻薬常習者の男。

探していた資料はバインダーの最後のほうにあった。

それは、十一月十九日に麻薬取引き関連の逮捕に関わったオスロ警察署の刑事からの情報で、逮捕されたビョルン＝オーゲ・フラーテン——一九六四年三月四日生まれ——という男が一週間まえにスコイエンでクリスティアンヌを目撃したと証言していた。その資料は、クリスティアンヌ事件に関する独立した聴取報告書ではなく、トイエン地区のアパートメントでフラーテンをハッシシ五十グラムとアンフェタミン十グラムの売買容疑で逮捕したときの初回聴取書のコピーだった。

ビョルン＝オーゲ・フラーテンは、一九八八年にはオスロのベッドタウンであるルッキンに住所登録されていたが、同時にスコイエン地区にある古いアマリエンボルグ労働者居住地区の居住者としても登録されていた。いずれにしろ、事情聴取の際、クリスティアンヌに関する情報提供の見返りに刑の軽減を要求していた。さらに、彼女の遺族が情報提供に報奨金を出すことを見込んで、その金も欲しがっていた。

が、彼に提供できたのは、クリスティアンヌが行方不明になった土曜日に彼女をスコイエン地区の鉄道橋の下で見かけた、という情報だけだった。どうしてもっとまえに届け出なかったのかと問われると、新聞を読む習慣はないし、テレビはろくな番組をやっていないからだ、というのが彼の答だった。

スサンヌは眼鏡のつるの端をかじりながら思った――もしかしたら捜査する側の単純なまちがいかもしれない。単純で傲慢な思い込みがあったのかもしれない。それを立証するのはむずかしいが。当時の捜査員たちは、クリスティアンヌが列車でオスロ中央駅まで行き、地下鉄に乗り換えてラスクの待つハウゲルまで行ったものと考えていた。そこで彼女と会う約束をしたとラスクが供述したからだ。ところが、その土曜日の夜、ハウゲル方面に向かうフーリュセット線に彼女が乗っているところは誰にも目撃されていない。オスロの中でも一番混み合う公共交通手段であることを考えると、不自然すぎる。

スサンヌは窓の外の吹雪をじっと見つめた。保育園で深い雪の中を歩いているマテアの姿が眼に浮かんだ。スサンヌの母親が無理やり着せたピンクのスノースーツにくるまっている——秋の初め、スサンヌがほとんど同じような防寒着を買っておいてあげたのに。「マテアですって?」娘が生まれたときに病院に来た母親はそう言った。「マテア? まさか本気じゃないでしょうね。そんな名前、うちの家には全然ふさわしくない。でしょ?」「マテア」とスサンヌは小声で言った。涙があふれそうになった。娘のことを考えすぎると、よくこうなる。

心の眼に、保育園の門を開けて一番最後に迎えにいく自分が映った——ほとんどいつも最後だった。スノースーツが見あたらなかった。乾燥室に通じるドアは開いていたが、そこにもスノースーツはなかった。着替えを入れている箱も空(から)だった。保育園の中には誰もいなかった。彼女は頭の中の映像を追い出した。絶対にそんなことにはならない。「ビョルン=オーゲ・フラーテン」と声に出して言い、不健全な考えから無理やり自分を引き剝がした。腕を伸ばして資料を思いきり遠くで持ち、遠視ではないから眼鏡なしでもちゃんと読める、と自分に証明しようとした。

が、結局は眼鏡をかけてもう一度資料を最初から読み直した。

大したことは書かれていなかった。ビョルン=オーゲ・フラーテン——通称ブンナ——はバールム市出身で、薬物乱用者だ。これは事件解決の突破口になるような情報ではない。

いや、それとも実はそうなの？　わたしたち警察が真剣に話を聞かなかっただけ？　聴取内容の信憑性についての評価は何も書かれていなかった。たぶんその必要はなかったのだろう。ほかの犯罪者同様、フラーテンは他人の不幸を利用しようとした。実際にどうだったかは別にして、彼は自分のことしか考えていなかった。

彼女はポストイットに〝ビョルン＝オーゲ・フラーテン〟と書いた。

そうして、気が変わらないうちに自分のオフィスを出て、早足でバーグマンのオフィスに向かった。ドアは半開きになっていた。はいろうとしたところで、彼が電話中だということに気がついた。煙草のにおいが襲ってきた。こういうことは、誰かが本気でやめさせないと。健康と安全に関する事柄全般の責任者であるロイター課長に相談しようかとも思ったが、それは常勤の仕事に就いてからにすることにした。

「これがおれの原理原則だ。気に入らないと言うなら、ほかを当たる」

お母さん、と彼女は思った。いまいましい母親そっくり。

このまま永遠に電話をしていそうな雰囲気だった。邪魔をするつもりはなかった。男というものは、電話しているときには決まって、この世で一番大事な話をしているかのような口ぶりになる。

スサンヌは自分のオフィスに戻ると、裁判や捜査や情報屋に関するデータベースでビョルン＝オーゲ・フラーテンを検索した。彼は一九九〇年代の大半、窃盗や強盗、麻薬売買で刑務所を出たりはいったりしていた。現在も情報屋としての記録はなかった。どうしてだろうとスサンヌは思った。最後の住所――バールム市イェットム地区のソムネプレスト・ムンテ＝コース通りにあるテラス付きアパートメント――はビョルン・フラーテンの名で登録されていた。彼の母親だ。

スサンヌはバールム市のビョルン・フラーテンに電話した。二度目の電話でつながった。

「どこにいるかはまったくわからないわね」と母親は言った。まるで大昔に部屋を貸した一時的な居住者の話をするかのような、冷淡な口調だった。「とにかくここにはいないから」

「どこに住んでいるかわかりますか？」

母親は深々とため息をついただけで、何も答えなかった。もしかして泣いているの？

「全部いまいましいヘロインのせいよ。麻薬さえなければあの子だって……わたしたちはまっとうな人間なの。あの子を救おうと、ルッキンの家まで売ったのに」それ以上話すことはないようだった。

「大変でしたね。わかります」とスサンヌは言った。

「わかる？　あなたに何がわかるの？」

スサンヌは答えなかった。

「いったいわたしは何をまちがったと言うの？　わたしはできるだけのことをしたわ。あの子の父親はどうだか知らないけど」やはり彼女は泣いていた。大きな音をたてて二回鼻をかんだ。

スサンヌは眼を閉じて思った。

わたしにはわかるのよ。何もかもわかるの。そうは言わなかったが。

「もし息子さんから連絡があったら、必ず警察に——わたしに知らせてください」

「あの子、今度は何をしたの？」

「何もしていません。息子さんにはなんの容疑もかかっていないと伝えてください」

「ブローベックのなんとかいうところ」と母親は言った。「そこから何度か電話がかかってきたわ」

「ブローベック通りの？　シェルターですね？」

「そこに入れてもらってた。ハイになってるときでも」

スサンヌはビョルン＝オーゲ・フラーテンの母親に自分の名前と電話番号——警察本部の代表電話、オフィス直通の電話、そして彼女自身の携帯電話——を伝えて電話を切った。

それからブローベック通りのシェルターの番号を調べ、電話をかけた。

疲れきった声が応答した。

「いいえ。ここにはいません」

スサンヌは時計に眼をやり、新しく買ったばかりのバッグ——ほんとうならとても手が出ないようなものだったが、奮発したのだ――から小さな手鏡を取り出して睫毛にマスカラを塗り、コート掛けから〈カナダグース〉のダウンジャケットを取った。

直接行って確認すれば、誰かが彼のことを知っているかもしれない。バーグマンの許可を得ようとは考えもしなかった。

24

看護師がセラピールームのドアを開けたとたん、アルネ・フールバルゲはその朝読んだことばを思い出した。昨夜は、患者のカルテを年代順に読んでいて寝るのが遅くなったので、朝の六時に目覚ましが鳴ったときには、体が起きたくないと言っていた。それでもまっすぐクリニックに向かい、カルテの続きを読んだのだ。

あのことばを思い出したのはこの部屋のせいだろうか。部屋そのもののせい？　それとも、分厚い雲の隙間から奇跡的に幾すじかの日光が射し込んでいたから？　もしかしたら今、私に背を向けてミョーサ湖の景色を眺めているアンデシュ・ラスクのせいだろうか。ラスクの手は子供の手のように小さくてきれいだ。彼が殺した少女たちと同じように。

いや、ちがう、とフールバルゲは自分の思いを正した。彼が殺したとされる少女たちだ。

「ふたりだけにしてくれないか」と彼は言った。ラウフォス市出身の体格のいい看護師は、怪訝そうな眼をフールバルゲに向けた。ここでの規則は明確だ。警備病棟ではいかなる従業員も患者とふたりきりになることは禁じられている――医長の明確な許可がないかぎりは。

ただ、フールバルゲはその〝医長〟という立場にある。だから、患者とふたりきりになるかどうかの判断は彼の意思次第ということになる。ドアが閉まると、今日のこの判断は果たして正しかったのかどうか、フールバルゲはあとから不安になった。敷地面積十五平方キロメートルのリングヴォル精神科病院に収容されてから、ラスクは蠅(はえ)一匹殺したことがない。しかし、最近になって、フールバルゲは拭いきれない不安をラスクに対して抱いていた。何事にも動じない外見の裏で、真っ黒な怒りが沸々と湧き上がっているのではないか。かつては若い少女たちに向けられていた怒りが。

だったらフログネル通りで娼婦を殺したのは誰なんだ?

カルテの中にあったあのことばが脳裏をよぎった。

〝エードレ・マリアは生きている〟。

会話がどのように展開されるか想像した。

〝エードレ・マリア?〟。

〝そう、エードレ・マリア〟。

〝彼女は生きている〟。

ラスクは微動だにせずに窓辺に立っている。窓の外の動き——雪で覆われた大地から飛び立つ黒い鳥たち、氷上に佇む鹿、空を流れるすべての雲——をすべて頭に記録するまで動くことができない自閉症患者のように。

フールバルゲはいつもの椅子にそっと腰をおろした。そして、いつもラスクが坐る——

気が向いたときにかぎられるが――カウチに視線を向けた。ベルトに警報装置がついていることを自分に言い聞かせた。最後に会ったときに脅してきたような行為に及ぼうとしたら、すぐに押せるよう人差し指をボタンにあてた。

　五分が過ぎても、ラスクは動かなかった。

「このままきみはどうして私を脅したりしたんだ？」フールバルゲはノートに顔の絵を描き、×を書き加え、すぐに消した。

「あなたを脅したことなど一度もないと思うけど」

「覚えてないのか？」

　ラスクは首を振り、ゆっくりと振り向いた。今まで見た中で一番グロテスクな姿だった。薬物治療の影響で体重が増加した時期もあったのだが、今はまた痩せて、中年男の体に子供の顔がのっているかのようだった。

「きみはきみを開放病棟に移さなければ私は死ぬ、と言った」

　ラスクは遠くを見るような眼差しを変えなかった。

「人はみな死ぬものだ」

「でも、みんなが殺されるわけじゃない。アンデシュ、これは真面目な話だ。わかっていると思うが」

　ラスクは答えなかった。

「きみは自分から台無しにしようとしている」

まだ答えない。

「死についてよく考えるのか、アンデシュ？」

ラスクはフールバルゲの向かい側にあるカウチに坐り、部屋を見まわした。その表情から察するかぎり、フールバルゲ同様、その部屋を不快に思っているようだった。

なんのまえぶれもなくラスクは立ち上がると、フールバルゲに一歩近づいた。フールバルゲは立ち上がらず、坐ったまま反射的に椅子の背にもたれて身を引いた。クッション越しに背もたれの木枠が強く背中に押しつけられた。ラスクがまた窓ぎわに戻るのを見て、フールバルゲは思わず安堵の吐息を洩らした。同時にベルトの警報装置のボタンに手をやり、赤いボタンを押そうかどうか迷った。

「マリア」窓辺に立っていたラスクがだしぬけに言った。

フールバルゲは自分がかすかに震えているのに気づいた。頭皮とこめかみに鳥肌が立ちはじめた。口が渇いた。口を半開きにしながら、水を入れた紙コップに手を伸ばした。

「マリア？」

「どうしてあのときその名前のことを訊いたんです？　マリア。そう、エードレ・マリアという名前のことを」ラスクはフールバルゲのほうを向いていた。彼の眼差しは真剣そのものだったが、口元には冷ややかな笑みをうっすらと浮かべていた。あたかも嘘をついた相手の首根っこを押さえでもしたかのように。フールバルゲは不意を突かれたことを隠すこともできず、意を決して尋ねた。

「エードレ・マリアは生きているのか、アンデシュ？」

高熱を出す予兆のように体が震えだした。しかし、このチャンスを逃すわけにはいかない。

「エードレ・マリア……」ラスクは、まるで夢でも見ているかのように、消えかかっている記憶をつなぎ止めようとでもしているかのように、低い声でひとりごとのように言った。

そのあとまた窓のほうを向いた。

「私たちは合意に達することができるかもしれない」とフールバルゲは言った。

「合意？　なんの合意？」

「きみは手紙を受け取ったね。その手紙のことは覚えているか？」

ラスクは笑った。純真無垢な少年のような笑いだった。

「手紙はいっぱいもらいますよ。あなたよりはるかに多く」

「もちろんそうだ、アンデシュ。もちろん。その手紙を私に見せてくれたら、移動についてできるかぎりのことをしよう。ただし、私を脅迫するような真似はしないでもらいたい。もしまた同じようなことをしたら、移動を許可するまでには長い時間がかかることになる」

「どの手紙です？」とラスクは低い声で尋ねた。

「どの手紙かはわかっているはずだ」

考える時間もなく、フールバルゲが気づいたときにはラスクが眼のまえにいた。ビニールのサンダルはタイル張りの床の上でも音ひとつ立てなかった。ラスクは片方の手を背中にまわしていた。三週間まえ、厨房から木じゃくしが二本、作業所からカッターナイフが一本なくなった。そのため、病院じゅう大騒ぎになって一大捜索がおこなわれたのだが、結局、どちらも見つからなかった。警備病棟に入院している患者たちは裸にされて調べられたのだが、それも無駄骨に終わったのだった。

ラスクは医師の上に屈み込んだ。口元には、得体の知れないあの薄ら笑いをまた浮かべていた。「あなたは死ぬ。わかってますか?」

そう言って、彼はフールバルゲの咽喉元までゆっくりと手を持っていった。

ナイフは持っていなかった。

「なぜなら、あなたは、死んで朽ちるまでぼくをここから出さないつもりだから。たとえぼくが無罪になっても、ここに閉じ込めておこうと思ってるんでしょ?」

フールバルゲは警報装置のボタンに右手をあてて言った。

「その手をおろしなさい。反対の手に何を持っているのか見せなさい」

「何を恐れてるんです、ドクター・フールバルゲ? 死ぬこと?」

フールバルゲは、ラスクから漂ってくる安物の石鹸のにおいに吐き気を覚えた。左手の手首をきつく握られていた。フールバルゲの骨が折れるまで放すつもりはなさそうだった。

フールバルゲはボタンを押した。

ラスクは一歩さがった。

「あなたの最大の問題点はその情けなさだ」

看護師たちがドアからなだれ込んできたときには、ラスクはもうカウチに坐っていた。フールバルゲはどこともなく部屋を見つめていた。

「誤ってボタンに触れてしまったらしい」そう言いながらも、深く息を吸い込まずにはいられなかった。「ちょうど診察が終わったところだ。病室に連れていってくれ」

自分のオフィスに戻ると、スーツの上着を脱ぎ、ワイシャツの左袖のカフスボタンをはずした。ラスクに握られていた手首をマッサージして血行をよくした。体が熱っぽかった。

ファイル用の引き出しは軋みながら開いた。カルテのはいった古いフォルダーを取り出し、机の上に放り出し、その音に自分で驚き、飛び上がった。今はあらゆるものが怖かった——壁に掛かった絵も、この国にもう二度と光は戻ってはこないのではないかという自らの思いも。いつかラスクに命を奪われるのではないか。ラスクが拘禁から解き放たれ、ずっと連絡を取りつづけていた外の世界の誰かと会い、結託するのではないか。そんな思いが頭から離れなかった。

「エードレ・マリアは生きている」声に出して彼は自分に言った。「とにもかくにも、彼女が生きていることをまず認めないといけない」

〝患者は身体表現性障害の疑いで脳波検査を受けた。妄想型統合失調症の可能性は排除できないものの、統合失調症とは異なる一時的な妄想型精神障害の可能性のほうが高い〟。

フールバルゲは当時の自分のメモのコピーを読んだ。彼女の病状には改善が見られ、帰宅させたほうが回復できるのではないか。当時はそう判断したのだ。彼女が負った心的外傷が人格障害を惹き起こすきっかけとなった。それが彼の診断だった。彼女のその兆候は初期から見られたもので、地元の精神科医でも充分に対応できると判断したのだ。

彼は彼女のさらに古いカルテに眼を通した――七〇年代、フレンズビーとサンバルグの病院に入院していた頃の記録だ。サンバルグの病院に勤務したことはあったのだが、彼女を診たことはなかった。

彼はカルテをじっくりと読んだ。

〝一九七五年六月。患者はしきりとエードレ・マリアという女性の名前を口にする。よほどのトラウマになっているらしい。被害妄想の可能性が高く、統合失調症の可能性は低い。患者は自分のことを話したがらない――症状や自分の病気のことも、入院した理由についても、自殺未遂や自傷行為についても、子供の面倒が見られないことも、パニック障害、悪化する鬱症状についても。

一九七五年九月。患者はいまだに家族と面会していない。エードレ・マリアの名を口にすることがなくなったため、診療の中でエードレ・マリアについての調査は実施していない。夏のあいだ、患者は派遣看護師のひとりと強い信頼関係を築き上げ、病状は入院時より大いに改善した。文学や映画に対する興味も取り戻し、看護師の付き添いで何度か映画を見に出かけるようにもなった〟。

おぼろげながら、十四年か十五年まえにもこの古いカルテを読んだことを思い出した。そのときには彼女の病状は統合失調症、具体的には当時の呼び名で多重人格障害と診断したあと、その診断を改めたのだった。改めたのは、かなり複雑な病状だったこともあるが、なにより激しい自傷行為から彼女を守るための治療を優先させる必要があったからだ。とはいえ、彼女が解離性同一性障害の症状を見せていたことも事実だった。記憶がとぎれることが著しく、トラウマから自分を遠ざけようとする行為が、自己催眠をかけているようにも見えた。

しかし、彼女の人格を乗っ取ろうとしている複数の人格はあったのか？　そんなに基本的なことを見逃すことなどあるだろうか。あるかもしれない。その極端な可能性について、これまで真剣に考えたことがなかったのだろう。最近の研究では、支配的な人格は意識的に脇に退くことができ、ふたつの人格が互いを認識できる場合があるとも言われている。

統合失調症というのは、患者にとっても看護側にとっても鏡張りの大広間だ。

フールバルゲは今まさにそんな鏡張りの部屋にいた——どちらを向いてもすべて同じに見えた。

サンバルグ精神科病院の古いカルテをそっと指にはさんで持った。生まれたての赤ん坊を抱くようにそっと。

〝患者はしきりとエードレ・マリアという女性の名前を口にする〟。

あれから十四年経った今、それがどんな意味を持つのだろう。

〝エードレ・マリアは生きている〟。

そうなのか？

そもそも、あの哀れなリトアニア人少女はどうしてその名前を口にしたのか？

彼女を探し出さなければならない。それがこの地球上での最後の仕事だとしても。

25

手に負えない、とバーグマンはすでに思いはじめていた。おれを誰だと思ってるんだ？ イエス・キリストか？ 一週間以内に奇跡を起こせだと？ 冗談じゃない。スサンヌは必要な資料のコピーすら終えていない。クリスティアンヌの母親のエリザベス・トーステンセンは話もしてくれない。父親のペールエリックとは連絡すら取れていない。

できるのはただ待つことだけ。スサンヌには別の仕事を頼むべきだったのかもしれないが、あのときにはそれくらいしか頼むことがなかった。秩序を取り戻さねば。

彼は窓を開け、煙草に火をつけた。まだ午前中の早い時間帯だったが、すでに暗くなりはじめているように思えた。また雪が降りだしていたことにも気づいていなかった。開け放れた窓から雪が吹き込んできた。窓敷居のそばにあった〈ダークブラーデ〉紙が湿りはじめた。一面の右側いっぱいに載っているクリスティアンヌの顔写真が涙を流しているかのように見えた。バーグマンは新聞を取り上げてページをめくり、二面の記事をゆっくりと読みはじめた。そうすれば、ラスクが有罪なのかそうでないのかわかるかのように。

見開きの記事の右側の一番下に、一九八八年十一月二十八日月曜日の〈ダークブラーデ〉紙の記事が再掲され、クリスティアンヌと同年代のふたりの少女に腕をまわして慰めている、がっしりとした体型の背の低い男の白黒写真が載っていた。バーグマンはその写真をまえに見たときのことを思い出した。殺された少女の学校に集まった子供たちを見たのはそれが初めてだった。ヴェットランズオーセン中学校は、クリスティアンヌの遺体が発見された日曜日の夜、学校の門を開けた。彼は全部思い出した。写真に写っている男のことまで。彼は確かハンドボールのコーチではなかったか。そう、まちがいない。名前は？

写真の説明文を読もうとしたが、再掲された写真は小さすぎた。湿気を帯びて濡れてしまったページが破れないように気をつけながら新聞を持ち、捜査責任者のハルゲール・ソルヴォーグのオフィスまで廊下を急いだ。ソルヴォーグは電話中だった。バーグマンはおざなりのノックだけして、返事を待たずに中にはいった。ソルヴォーグは不快な顔をした。

「拡大鏡をちょっと貸してくれ」

片手で持てる拡大鏡とライト付きの拡大鏡はソルヴォーグ定番の道具であり、当然ながら彼の昔の渾名は〝シャーロック〟だった。もっとも、最近の警察学校の卒業生で、シャーロックが何者なのか知っている者が果たして何人いるか。

バーグマンはライト付きの大きな拡大鏡が置かれている机の端まで歩いた。ソルヴォーグが自腹で購入したものだ。ひょっとして彼は自閉症なのか？　この警察管轄区域内には独自の鑑識班があることも認識していないのか？　とはいえ、今のバーグマンに必要なのは、まさにこのような道具だった。

「気をつけて扱えよ」とソルヴォーグは言い、受話器を耳に戻して電話に戻った。「第三レースのフロントランナーという馬はどうかな？」

このギャンブル狂いが、とバーグマンは思った。空いた時間をすべて競馬場で過ごしているとは。厳密に言えば、警察官は給与をギャンブルに注ぎ込んではいけないことになっているが、ソルヴォーグも彼の仲間もそんなことなどおかまいなしだ。もっとも、空いた時間を使うのにギャンブルが最悪というわけでもないかもしれないが。たまには勝つこともあるのだから。

バーグマンは机の上に新聞を広げ、拡大鏡を支えているバネ付きのアームを下げた。拡大鏡の下についている円形のライトがちかちかと点灯した。一九八八年の〈ダークブラーデ〉紙に掲載された写真の顔がレンズを通して二倍に拡大された。

「くそ」とバーグマンは悪態をついた。もともとの写真が小さすぎて、写真に写っている男と泣いているふたりの少女の名前までは読み取れない。

「だったら、これを試してみろ」ソルヴォーグはセイウチのようなため息をついて受話器を机の上に置くと、キャスター付きの椅子に坐ったままバーグマンのそばまですべってきた。その手には、ピンセットと小さなライト付きの少し小ぶりの拡大鏡が握られていた。

「オッズは五倍」ソルヴォーグはそう言うと、また椅子を転がして電話まで戻った。「フロントランナー」ともう一度電話の相手に言った。「最高の馬だ。名前からしてもまちがいない」

これでよし、とバーグマンは思った。ソルヴォーグが寄こしてくれた強力なレンズを三人の顔に近づけると、黒とグレーと白の粒子の塊になった。レンズを写真の説明文のところに持っていった。〝日曜日に学校の門を開け、クリスティアンスヌの友達のマリアンヌとエーヴァを慰めるヴェットランズオーセン中学校の教員ヨン＝オラヴ・ファーバルグ〟。

「ヨン＝オラヴ・ファーバルグ」と彼は低く声に出して言った。ちょうど振り向いたところだったのか、横顔しか写っておらず、顔つきまではっきりとはわからなかった。ただ、ハンドボールというキーワードでバーグマンは思い出した。彼自身のチームはファーバルグにコーチをしてもらったことはなかったが、クリスティアンヌのチームは指導をしてもらっていたかもしれない。それに彼は教員だ。同じ頃に働いていたアンデシュ・ラスクのことを知っている可能性が高い。取っかかりとしてはまずまずだ。

インターネットでヨン＝オラヴ・ファーバルグを探すのは簡単だった。すでに教職を退き、現在は求人・経営・人事を専門とするコンサルティング会社の共同オーナーになっていた。会社のウェブサイトの写真はとても六十歳とは思えないほど若々しかった。

ファーバルグはすぐに電話に出た。バーグマンはパソコン画面に表示されている顔写真を見つめた。まるで少年のような軽やかな声だった。

「今、私たちの多くは苦しんでいる」とファーバルグは言った。「クリスティアンヌのことが連日報道されているからね。あの頃の日々をもう一度生かされているような気分だ」

「よくわかります」

「私なんかの話を聞いてなんの意味があるのかわからないが、協力はするよ。役に立つことならなんでも」

少し間ができた。それでも会いにいく価値はありそうだ。ファーバルグに電話したのは少し早すぎたかもしれない。バーグマンは内心そう思った。

「アンデシュ・ラスクのことはご存知でしたね？」と彼は尋ねた。

ファーバルグはすぐには答えなかった。

「それがこの電話の目的だね？」

「会ったときに説明します。でも、そうです。ラスクの再審請求が受理されて――」

ファーバルグは深々とため息をついた。

「否定的なことは言いたくないんだが、アンデシュとまた関係を持つと思うと、私としては――私たちみんなが当時そうだったように――なんと言うか、非常に不快な気持ちにならざるをえないんでね」

26

アルネ・フールバルゲはしばらくオフィスから出られないでいた。アンデシュ・ラスクからの脅しに、それほど動揺したのか？　彼は眼を閉じ、椅子の背もたれに頭を預けた。この仕事を長くやりすぎたのだろうか。課題に対応するには歳を取りすぎたことにも気づかない、そんな老いぼれの過ちを犯したのだろうか。明日、ラスクと話をするためにオスロから警察官がやってくる。ここに来ることになっている警察官の名前も覚えていなかった。覚えているのは、手首をつかんできたときのラスクの顔だ。彼がどんなに危険な人間なのか、初めて実感した。ラスクがここリングヴォルに来てからもう十一年になるが、今日のような彼を見たことは一度もなかった。彼が警備病棟に入院しているのは、有罪判決を受けた罪だけがその理由だ。彼の日常の行動パターンには、この病院にいなければならないような兆候は一切見られなかった。今日までは。まずは先日の殺害予告の脅し。そして、今日の身体的な接触。

フールバルゲはもうそれ以上は努めて考えないようにした。ラスクよりもっとひどい患者も診てきたのだ。抑圧状態のまま一生過ごす人間もいるではないか。そう思いながらも、心の奥底ではわかっていた。ラスクよりひどい患者を診たことはこれまで一度もない。フールバルゲにはラスクの内面が読み取れたためしがなかった。最初からずっと。

弾かれたように椅子から立ち上がった。このオフィスに留まるのはあと一秒でも危険だ——まるでそう思ってでもいるかのように。ろくに挨拶もせずに一階の守衛の横を通り過ぎた。鉄製の重いドアを開けると、雪まじりの強風に襲われた。ゆっくりとした重い足取りで門に向かって歩きながら、開放病棟の柵が低すぎることに初めて気づいた。建物のうしろの柵——警備病棟のある側——は問題ないが、ここの柵は？　柵とも言えないほどの低さだ。

カードリーダーにカードをかざした。寒さに一瞬で指の感覚がなくなった。車に乗り込み、古いカルテを助手席に置いた。エンジンをかけてからまた外に出ると、フロントガラスに積もった雪を払い落としながら明るく照らされた警備病棟の窓を見上げた。ラスクの病室の明かりがついているのが見えた。ちょうど雪を払いおえたとき、ラスクの部屋の窓に人影が見えた。

それがラスクの不思議なところだ——ずっとベッドで寝ていたはずなのに、離れた場所にいるふたりが互いの影を見ることのできるほんの一瞬、窓辺に現われる。いったいおまえは誰と連絡を取ってるんだ？　ラスクが受け取った郵便物のリストはひととおり調べたが、意味のありそうなものは一通も見つからなかった。

それにしても、彼と取引きをしようとしたとはなんと私は馬鹿だったことか。これでラスクは手紙を処分するだろう。また振り出しに逆戻りだ。これからもセラピーのときにはラスクとふたりきりにならなければならない。ほかに誰かいたらラスクは何も言わないだろう。今はただ、彼が一生自由の身にならないことを祈るしかない。クリスティアンヌ殺害で無罪になったとしても、ほかの五件の殺人については時間がかかるはずだ。警察の馬鹿どもが犯人の精液を冷凍保存さえしておけば、こんなことにはならなかったのに。

「愚かなやつらだ」と彼は自分につぶやいた。

窓枠の中に映るラスクのシルエットを見つめながら、その場に佇み、一定のリズムで鳴り響くディーゼルエンジンの音を聞いた。ラスクが腕を上げ、ゆっくりと振るのが見えた。

寒さが体に染み込んでくるのが感じられ、フールバルゲはぎこちなく車に乗り込んだ。

十分後、自宅の車庫のまえに車を停めたところで、家に着くまで途中のことをほとんど覚えていないのに気づいた。スクレイア村の中心部を通ったときにほかの車とすれちがった覚えも、人の姿を見かけた覚えもなかった。今はすべてが暗かった。リングヴォル精神科病院を出たときには、最後の日の光が残っていたが、今は真っ暗だ。

エンジンを切った。隣りの家に眼を向けると、外の明かりがついていた。お隣りさんは今日から旅行に出かけて、クリスマス過ぎまで帰ってこない。ありがたいことだ。これで道路の突きあたりすべてが自分だけの世界になる。近くの森と平原の安らぎと静けさも独占できる。クリスマス休暇のマレーシア旅行はあまり気が進まなかったが、今さらどうすることもできない。

ドアを開けて車を降り、雪を踏みしめ、自宅を見やった。真っ暗だった。玄関の階段の明かりすらついていなかった。明かりはどの窓にもともっていない。妻は仕事を引退してから、玄関の外の明かりはいつも午後三時につけていた。自動点灯にしようと提案しても聞き入れなかった。

腕時計を見ると、もう四時だ。

散歩に出かけたのかもしれない。いや、そんなはずはない。彼が帰宅するときにはいつも家にいる。夕食は四時半から。子供たちが独立して出ていってからそれはずっと変わらない。

車のドアを開けたまま、古いカルテを体にぴたりと押しつけた。家のまわりを歩いてみようかと一瞬思ったが、すぐに思い直した。なるべく音をたてないように、すべりやすい鉄製の階段を上がった。

ポケットの中の鍵を取り出すのにずいぶんと手間取った。振り返って自分の車のタイヤの跡を見た。あと三十分もすれば完全に見えなくなるだろう。早朝からの雪掻きの苦労の跡も今はもうなくなっていた。

階段を降りて車の横を通り過ぎた。膝をつき、車庫から出入りしたほかの車のタイヤ痕がないかどうか調べた。

すべてが雪に覆われており、何もわからなかった。

雪が激しくなったのは昼過ぎだ。

彼は玄関まで戻った。

鍵穴に鍵を挿し込み、ゆっくりとまわした。

夕食のにおいはしてこなかった。

外国の香り？

かもしれない。

誰かいる、と彼は思った。反射的にカルテを持つ手に力がこもった。それを防具にしようとでも思ったかのように。玄関ポーチに立ったまま、明かりのスウィッチに手を伸ばし、そこで思い直した。

「グン」とさきに小声で呼びかけた。声を押し殺したところで、侵入者にはどのみち聞こえてしまうだろうが。「グン！」

明かりをつけずに廊下を進み、キッチンを通り過ぎた。廊下に敷き詰められたカーペットの上を歩く自分の足音も聞こえなかった。

彼女は居間にいた。

妻を見るなり、手に持っていたカルテが床に落ちた。一瞬、走馬灯のようにこれまでの人生が脳裏に浮かんだ――二十三歳の夏、彼女は妊娠三ヵ月で、教会の階段の上でどこまでも美しい笑顔を見せていた。

今、彼女は天井を見上げるように、新しく買ったばかりのソファの上に仰向けに横たわっていた。

フールバルゲは足を動かすことができなかった。

突然、彼女が起き上がった。

彼はよろよろとあとずさり、壁に頭を打ちつけた。

「早かったのね」と彼女は素っ気なく言った。そう言ってため息をつくと、すぐにまた横になった。「ちょっと体調が悪いみたい。どのくらい寝てたのかしら」

彼は何も答えられずにただ首を振った。

明日、警察官に何もかも話そう。

バスルームに行って、解熱剤のパラセタモールを二錠手に取り出した。神経がぴりぴりしているのをどうか気づかれないように。鏡の中の顔は彼のものではなかった。

「夕食は自分でつくるよ」と彼は言った。「きみにも何かつくろうか？」

彼女は首を振ると、すぐにまた眠ってしまった。

しばらくソファの脇に坐って妻の手を握ってから、部屋にはいるときに床に落とした書類を拾い集めた。

自分の書斎にはいると、脳腫瘍をずっと放っておいたかのようなめまいと耳鳴りを覚えた。サンバルグ病院のカルテに書かれている数行を人差し指で追ったが、何も理解できなかった。エードレ・マリアとリトアニア人少女の殺害にはなんらかのつながりがあるということ以外は。そのことを口に出しても、アンデシュ・ラスクは驚きもしなかった。

パソコンを立ち上げて番号を再確認した。ファイルの中に書かれていることばを指差した。〝エードレ・マリアは生きている〟。

〈クリポス〉のルーネ・フラータンガーに電話しようかとも思った。厳密に言えばこれは警察の問題だ。しかし、あの大変な時期に彼女は彼の患者だったのだから、治療に失敗したということにもなりかねない。彼の長いキャリアは終わりを迎えようとしている。今さら評判を落とすようなことはしたくない。

それに、もし警察を巻き込んだら彼女は完全に奥に引っ込んでしまう。一方、ラスクに関しては……彼はこの件に関して何かを知っている。誓ってもいい。追いつめるのではなく、なんとか穴からおびき出さなければならない。

フールバルゲは電話を取り出すと、番号を押した。

27

最上階までの階段がとてつもなく長く感じられる午後が時々ある。今日も娘のマテアは二度ごろんと寝転んだ——一度目は入口からはいってすぐのところで、二度目は三階で。今、わたしの人生は登り道の連続だ、とスサンヌは思った。ヴォーレレンガからのバスは嫌になるほど混んでいた。どうしてマテアを警察職員用の保育園に入れなかったのか。バスの中で何度も自分を呪った。でも、もう手遅れだ。今の保育園にすっかり馴染んでしまったマテアを今さら移すことはできない。

ようやく最上階にたどり着くと、ライラック色のブーツを履いた小さな足が最後の二段を上がってくるのを待ちながら、自分の人生も捨てたものじゃないと思った。ニコライが散らかしたものを片づけなければならない心配もないし、ほとんど何もしゃべらず遠くを見てばかりいる彼に我慢したり、全部おまえのせいだとかセックスする気がすっかり失せたとか、おまえは要求が多すぎるとか、そういう彼の文句を聞く必要もないし、夜出かけたきり朝の九時まで帰ってこない夫を待たなければならない心配もない。何はともあれ、わたしは母の二の舞にはならずにすんだ——二十年もまえに破綻していた結婚という終身刑を務め上げている囚人、結婚という牛乳パックの中身が腐っていることを知りながら、中からどんなものが出てくるか怖くて流しに捨てられずにいる妻にはならずに。

ドアの鍵を開けながら、自分の選択はまちがっていなかったと思った。今も〝荷役の騾馬〟にすぎなくても、騾馬は騾馬でも正しい選択をした騾馬だ。

左手には資料を詰め込めるだけ詰め込んだバッグを持ち、もう一方の腕には汚れたマテアの着替えが詰め込まれた薄いビニール袋を掛け、その手にはテイクアウトの夕食も手にしている。荷物をすべてマツ材仕上げの床に置いたとき、いくつかの資料がバッグからこぼれ出た。犯行現場の写真がまる見えになり、慌てて屈み込んで全部バッグの中に戻した。とてもマテアに見せられるような写真ではない。

今一番効率的なことはなんだろう――保育園から持ち帰ってきた五歳の娘の汚れた服を洗って乾かすべきか、それとも藁の山から一本の針を探すべきか。バーグマンから指示された仕事さえまだ終わっていなかった。

バーグマンのために必要な書類のコピーを取るかわりに、彼女はブローベック通りのシェルターに行ったのだ。単なる思いつきでしかなかった。電話ですませることもできたかもしれない。が、直接出向きたかった。どんな理由があるにしろ、自分の行方を追っている人間がいると知ったら、ビョルン＝オーゲ・フラーテンは妄想に駆られて逃走しかねない。もしかしたら彼の母親に電話したのはまちがいだったかもしれない。それでも、なんらかの成果をバーグマンの鼻先に突きつけたかった。どうしても常勤の捜査官という職を得たかった。それができなければ、何か別の仕事を探さなければならなくなる。

「めっちゃつかれた」玄関の敷居に転がりそうになりながら、マテアが言った。赤い帽子が頭のてっぺんからかろうじてぶら下がっていた。サンタクロースのおもちゃ工場から出てきたこびと。今のマテアはまさにそれだった。

「子供は〝めっちゃつかれた〟なんて言わないの」とスサンヌは言った。「そんなことを言っていいのは大人だけ」

「じゃあ、あたしはもうおとななんだ」とマテアは言った。膝をついて敷居の上に坐り込み、しばらく動くつもりはなさそうだ。「だってほんとうにめっちゃつかれたんだもん」

玄関ドアの内側にマテアを坐らせたまま、スサンヌは床に置いたテイクアウトの袋を拾い上げ、〈プンジャブ・タンドリー〉特製ラム肉カレーのはいった発泡スチロールの器をふたつキッチンカウンターの上に置いた。そして、カウンターの上にあった紙パック入りの赤ワインをグラスに注いだ。それを半分飲んだところで、居間からテレビの音が聞こえてきた。

子供向け番組『マイ・リトル・ポニー』の主題歌が大きくなった。

くそポニー、とスサンヌは思った。ソーセージの材料のくせに。パンの上にのせて食べるとおいしい黒いソーセージ。一瞬、グロンランド広場の店まで行ってできるだけ馬肉の比率の高いソーセージを何切れか買い、明日のマテアの弁当の中に入れようかと思った。

「ママ！」マテアが居間から呼んだ。おとぎ話の中のお姫さまにでもなったつもり？誰にも黙らせることのできないお姫さま。気がつくと、娘がこの家から出ていくまでの年数を数えていた。十四年、十五年。遅くとも十九歳までには出ていってしまうだろう。交換留学がしたいなんて言い出さなければ。

絶対に駄目。行くなら、わたしの屍を越えていって。

「おふろ」テレビ画面に眼を向けたままマテアは言った。「めっちゃつかれたときにはおふろにはいるんでしょ？」

スサンヌは外の景色を見ようとバルコニーのドアを開けた。マンダルス通りにある彼女の屋根裏のアパートメントからは、今でこそまだフィヨルドが見えるが、そのうち超近代的なマンションやオフィスビルが建設されて見えなくなるだろう。ホレンダー地区を焼き尽くした火事は、彼女の父親のような人たち——不動産投資家、投機家、ハゲタカ資本家——にとって絶好のタイミングで起きた。結果的にあの火事は、毎日彼女の眼のまえで繰り広げられている建設プロジェクトの土台づくりになった。そのおかげで、ようやくオスロも二十一世紀という新しい時代に進むことができる——分別のある北国の首都というより、ドバイやアブダビのような都市に生まれ変わることができる。あれやこれや考えたら、それが正解なのだろう。彼女は過去に縛られるタイプではない。実際、過去にいいことなんてほとんどなかった。よくよく考えると、まったくなかった。でも、この景色だけは二度と取り戻すことができない。唯一の慰めは、工事用のクレーンがイルミネーションできらきらと光り、そのてっぺんにクリスマスツリーが飾られていることだ。ちょうど郵便局の上で止まっているクレーンのクリスマスツリーから、彼女の頭上に光が射していた。パリを思い出した。もう何年も行っていないが、今はもう一緒に行ってくれる男もいない。パリは男なしに行くところではない。

スヴェン、と彼女は思い、苦笑した。

少なくとも、一緒に行きたいのは週末に家に連れ込んだあの若い男ではない。

もうそのことは考えたくなかった。神経衰弱になってからもうずいぶんと経つ。半年。スヴェンに会う少しまえだ。

もしかしたら、神経衰弱の症状が進むのが怖くて彼と寝たのかもしれない。もうあんなふうにはならない。とはいえ、そう簡単に自分はごまかせない。彼女の一部はまた戻りたがっている――地下牢まで下へ下へ。あるいは、空に向かって上へ上へ。受け止め方で方向はまるで異なる。

彼女はバルコニーのドアを閉めた。

「週末はパパと何をしたの？」

答はない。マテアはニコライ譲りの豊かな黒い髪を三つ編みにしながら、映画『ポルターガイスト』の一場面のようにテレビを見つめていた。どうしてそんなことを訊いてしまったのだろう？　最後にちゃんとその答が返ってきたのはいつだっただろう？

スサンヌ自身は週末に何をしていたか。

考えるのはよしなさい。

ただ、プラスの面もあった――ニコライが家を出ていって以来、初めて現場班での週末シフトを引き受けなかった。モンセンの猥談にはもううんざりだった。彼に文句を言うのはとっくにあきらめていた。それに、明らかに視線で彼女を裸にしている彼に苛々させられるのももうやめていた。

スサンヌはバスタブの蛇口をひねり、鏡の中の自分を見つめた。自分でも惚れ惚れするような体形だったのに、急速に劣化しはじめている。この一年の苦労が顔に出ている。まだ三十二歳だというのに、母の面影が無理やりはいり込もうとしている。皺がはっきりと見える。ボトックス、と彼女は思った。年明けに一度おでこに注射すれば、母親にどんどん似てくるのを食い止められる。内側からも外側からも、母のようにならないためなら、わたしはなんでもする。

ニコライが家を出ていったとき、彼女は母からきっぱりと切り捨てられた。昨年の二月以来、ひとことも話していない。それが信じられないと思うことも時々あった。しかし、スサンヌ・ベックは自分から負けを認めるような女性ではなかった――今までも、これからも。「ニコライと別れるなんて気が知れない」それが電話越しに聞いた母の最後のことばだった。爬虫類のような声だった。確かに、活字にできないようなことばを最初に使ったのはわたしのほうだ。それは認める。でも、母親が自分の人生から娘を閉め出す？　それってどういうこと？　だから今では、マテアが祖父母の家に泊まりにいくときに迎えにくるのは父の役割で、時々ニコライも手伝ってくれるが、スサンヌと過去を結びつけているのは父だけだった。父は気弱でよそよそしいところのある不動産投資家だが、母に逆らうだけの気力はあるようだ。人を切り捨てることのできない人だから、当然娘も見棄てられないのだろう。

電話――とスサンヌは思った。結局、わたしはまだ自分中心の少女のままで、異性から見ていかに自分が魅力的であるかということしか考えていないのだ。もうどれほど鏡のまえにこうやって立っていただろう。蛇口から流れる湯の音がほかのすべての音を掻き消し、彼女の携帯電話のお馬鹿な着信音も聞こえなかった。

「マテア、ママの携帯電話、どこかで見なかった？」玄関ホールを見まわしたが、着信音がどこから聞こえてくるのかわからなかった。ひょっとしたら、母の言うとおりほんとうにわたしは馬鹿なのかもしれない。

「ちょっとまってて」とマテアは言い、すぐにスサンヌの横に現われた。緑色のタイツの上にシャツを着て携帯電話を差し出しているその顔は、妙に大人っぽく見えた。

「小さな助手さんがいるとは羨ましいな」電話の向こうの声が言った。

「誰?」思った以上にきつい口調になった。発信者番号を確認するのを忘れていた。

「今日、ちょっとまえに会ったのを覚えてない?」

ブローベック通りのシェルター。受付の男性。中年のヒッピー——今どきの呼び方ではソーシャルワーカー。

「彼が来たの? フラーテンが?」

「ビンゴ」

「すぐに行くわ」マテアをどうするか考えるよりさきにそう答えていた。

「いや、駄目だ」

スサンヌは待った。

「彼は今そんな状態じゃない」

「そんな状態? どんな?」

「今すぐきみが来たとしても、質問にはまともに答えられない。ひとこともしゃべれないだろう。かなり悪い状態だ。本来ならここにはいられない状態だ」

「それなら、病院に入院させて」

「それはこっちで判断するよ。明日の朝八時に来てくれ。きみにチャンスがあるとすれば、それが一番だ」

彼はそう言うと、一方的に電話を切った。相手が警察でも関係ないようだ。スサンヌは何度か深呼吸をした。彼はやるべきことがきちんとわかっている人だ。今日、シェルターに出向いたときに受けた質問からもそれはよくわかった――容疑者なのか、告訴状が出ているのか、どちらなのかと訊かれた。スサンヌは、フラーテンが目撃者だということさえ言えなかった。クリスティアンヌ事件についての捜査は、今のところ極秘裏におこなわれている。

母と娘は会話をすることもなく食事をした。マテアはインテリア雑誌の〈アーキテクチュラル・ダイジェスト〉を見ていた。数日まえにスサンヌが買ってバッグに入れていたものだが、今となってはどうしてそんなものを買ったのかもわからなくなっていた。ひょっとしたら、真冬のカリフォルニアの巨大なバンガローが見たかったのかもしれない。たとえそれが母を連想させたとしても。ほとんどのものが母を連想させる。冬もクリスマスも自分の顔も胸も声も。

バスルームにはいると、自分の感情を抑えられなくなった。居間で事件のファイルを読むこともできたが、自分がいないあいだに何か恐ろしいことが起きるのではないかと心配だったのだ。マテアが浴槽ですべって頭を打ち、音もたてずに溺れるかもしれない。そんなことになれば、母の言ったことが正しかったことになる――子供の幸せを一番に思わない悪い母親になってしまう。

玄関ホールに置きっぱなしにしていたバッグを持ってくると、暖かいバスルームの床に坐って資料を読みはじめた。マテアは浴槽の中から鏡に映った自分の姿を見るのに夢中で、母のことなどまるで気にしていないようだった。小さい頃から持っているアヒルのおもちゃもほったらかしにしていた。

きっとわたしそっくりなうぬぼれ屋になる。スサンヌは内心そう思った。

まず、ビョルン＝オーゲ・フラーテンの目撃証言から読みはじめた。何度読み返したかわからないが、読むたびに何か新しいことを見つけられそうな気がするのだ。明朝彼に関する〈ダークブラーデ〉紙の記事を調べる、とメモに書いた。

「ねえ、ママ、みて」とマテアが言った。

スサンヌは顔を上げた。娘の小さな体にはまだ乳児の頃の面影が残っている――お腹も小さな手も二の腕もまだぽっちゃりしている。胸に眼をやると、そこには石けんの泡でつくったおっぱいが盛り上がっていた。マテアはおもむろに浴槽に沈み込み、頭まで湯に浸かった。なかなか上がってこないのでスサンヌは心配になって引っぱり上げた――いつもその繰り返しだ。これはふたりのあいだのゲームになっていて、勝つのはいつもマテアだった。

スサンヌはバッグから別のファイルを取り出した。

あら、嫌だ、どうしてこんなものを持ち帰ったんだろう?

クリスティアンヌ・トーステンセンの十×十五センチの写真を収めたプラスティック・

フォルダー。

両腕を広げた十五歳の少女が解剖台の上に仰向けに横たわっている。青い斑点の浮き上がった顔のまわりに豊かな巻き髪が広がっている。安らぎをたたえて降臨した救世主のようだ。

スサンヌは口を手で覆い、小声でひとりごとを言った。

「可哀そうに。もう何も残ってない。あなたのお母さんにはこんな姿は絶対に見せられない」

フォルダーの中のほかの写真が急に灰色にぼやけて見えなくなった——かなりまえから泣いていたことに、そのときようやく気がついた。

フォルダーを持ったままタイル張りの床を這うようにしてバスルームを出た。寝室までたどり着くと、ベッドメイクもしていないダブルベッドに倒れ込んだ。

起き上がってベッドの端に坐り、両手で顔を覆っていると、すぐまえで音がした。

「なかないで」とマテアが言った。

スサンヌは手で顔を隠したまま、じっと坐っていた。こんな世界に新しい命を産んでしまった自分を呪った。人生に意味があるなんて、いったい誰がそんなことを思うの？　ニコライのクソ野郎。どうしてうまくやれなかったの？　うまくやりたかったのに——ふたりで新しい人生を築き上げたかったのに。

「ママ?」マテアも泣きだした。「あたし、こわい」

スサンヌはひざまずいて両手を広げた。マテアの小さな心臓の鼓動が普通の二倍の速さになっていた。娘の体は温かく、そして冷たくもあった。

「大丈夫、ママが一緒にいるから。いつだって」

彼女は頭の中でビョルン＝オーゲ・フラーテンの名前を連呼し、オスロ大学病院の地下でスティール製の解剖台に横たわっているクリスティアンヌのイメージを追い出した。

絶対に離さないと覚悟を決めたかのように、マテアをきつく抱きしめた。娘の髪でセーターが濡れようと、少しも気にならなかった。

28

バーグマンは、こんなところに来ようなどと思った自分を呪いながら、リッレアーカー地区をしばらくあてもなく歩きまわった。交通量も多くて騒がしく、洒落たオフィスビルが建ち並ぶこの界隈は、人間味のない冷たい印象で好きになれない。オスロの西の端まで乗せてきてくれたパトカーはとっくに走り去っていたが、最後にテールランプが見えた方向に彼は眼を凝らした。新旧さまざまなビルがリーサーカー川を縁取り、混沌とした風景が広がっていた。右も左もわからない国にまちがって迷い込んでしまった異邦人の気分だった。

ここに来るまでのあいだに十二月の夜の帳はすっかり降りており、古い工業地帯に建ち並ぶビルの案内表示板もほとんど見えなかった。ただ、幸いなことにもう雪は降っていなかった。まるで誰かがふざけて雪を降らせるオン・オフのボタンを押したかのように突然やんでいた。

ビルの端で光っている会社のロゴマークのイルミネーションを頼りに、バーグマンは行き先を探した。どの名前も空虚で無意味に感じられた。かつてこの地区には工場や工房がたくさんあり、そこで実際にさまざまな製品が造られていた。まだこの国で物が必要とされていた時代だ。

それが今は、きれいに改装されたビルや新しく建てられたガラスの宮殿のようなビルばかりになっている。ビルの中には箱形のオフィスが連なり、従業員たちは一日じゅう奴隷のようにパソコンモニターに向かっている――もしくはとぎれることのない会議に出席し、馬鹿らしいほど単純なメッセージを売り込むために、これ以上ないほど複雑なことばを駆使して競い合っている。

この国はこんなことで生計を立てているのか？　空っぽなことばのやりとりだけで？　もし本物の危機、たとえば〝核の冬〟のような危機に見舞われたらどうなる？　誰がこの国を救ってくれる？

そんなことを考えながら歩いているうちに、ファーバルグの会社〈マインドワーク〉がはいっているビルにたどり着いた。ロビーはまるで洪水帯のように、奥にあるエレヴェーターまで厚い雪泥に覆われていた。二階は見棄てられたオフィスのようにがらんとしていた。十五人いる従業員のうち、机で仕事をしているのはほんのひと握りだった。受付係は、訪問の約束をしてやってきたバーグマンもそっちのけで、人工のクリスマスツリーを飾りつけるのに夢中だった。五分以上待たされ、ようやくファーバルグが上の階から迎えにきた。

ヨン＝オラヴ・ファーバルグのオフィスの客用の椅子に腰を沈めたところで、バーグマンは机の向こう側に坐っているファールバルグが直前まで泣いていたことにようやく気づいた。泣き腫らしたように眼が赤く、明らかに視線をそらしていた。意識を集中しないとカップにコーヒーも注げないほどだった。

バーグマンより頭ひとつ背が高かった。どことなくぎこちない第一印象とは異なり、ごく自然な威厳を醸し出していた。バーグマンは中学生に戻ったような気分になった。

自分の両手に視線を落とし、コーヒーカップにはまだ触れることなくファールバルグは言った。

「泣いていたことがばれてしまったかな？」バーグマンを見ずにそう言った。

バーグマンは答えなかった。

「今の状況についていけなくてね」とファールバルグは低い声で言った。「まず今日の〈ダークブラーデ〉に私の写真が載り、今はあなたが私のオフィスにいる」

「わかります」

「マリアンヌとエーヴァと一緒に写っている写真を見て、何もかもが甦ってきたんだ。わかってもらえるだろうか。一瞬、そんなことがあるはずがないと自分に信じ込ませる。だけど、次の瞬間にはすべてが怒濤（どとう）のように甦るんだよ。彼女が発見されたとき――ほんとうに信じられなかった」

バーグマンはカップを口元に運んだ。ファールバルグは悲しそうな笑みを浮かべて彼を見ていた。そんなファーバルグを見返して、バーグマンは思った、うまく歳を重ねている。実際の年齢より十歳は若く見える。おしゃれで豊かな髪はいい具合に色が褪せ、肌も適度に日焼けしている——秋に一週間ほど地中海で休暇を愉しんできた。そんな感じの肌の色だ。チャコールグレーのスーツの下には、引きしまった体が隠れている。ただ、青い眼だけは六十歳になろうとしている男の眼だった。

「学校は辞めたんですか？」

「クリスティアンヌが殺された年の夏にね。とても耐えられなかったんだ。それ以上に学校の仕事はもうたくさんだと思った。それで、古い電話会社の人事部門の仕事に就いた。その仕事が私には向いてたようで、それ以来ずっとその道を歩いてきた。この会社を経営してもう十年になる。もちろん後悔はしてないよ。何を隠そう、きみたち警察からも仕事の依頼がちょうど数日まえにあってね。リーダーシップ研修とか、そういう……」ファーバルグは最後まで言わずに、バーグマンの顔をまじまじと見た。何か思い出そうとしているようだった。彼が何を言い出すのか、バーグマンにはわかっていた。「きみとは会ったことがあるよね？　どこかで見たのは確かなんだが——」

「ハンドボールです。オスロ郊外のオップサルで。もうかなり昔の話です。私がジュニア・チームでプレーしてた頃、あなたはもっと小さい子たちのコーチだったと思います」

ファーバルグは信じられないとでも言うように首を振った。

「驚いたな。どこかで見た気がしてたんだよ。でも、名前までは思い出せなかった。今も鍛えているみたいじゃないか」

なかなか嘘がうまい、とバーグマンは思った。

「あなたこそ」

ファーバルグは笑った。

「ヴェットランズオーセン中学校に行ったのか？」

バーグマンは首を振った。

「いえ、私はトゥヴェイタ地区出身です。公営住宅の」

「なるほど」とファーバルグは言った。「あそこは暴れ者が多くて、ギャング団で有名だった。誰もが怖がってた」彼はそう言うと、ひとり微笑んだ。それは見下すような笑みではなく、親しみの感じられる笑みだった。そのとおりだ、とバーグマンは思った。昔の友人の中には、落ちぶれて身を持ち崩したり薬物の過剰摂取で命を落としたりしている者が何人もいた。殺された者も少なくない。自分も同じようにそっち側の人間になっていたかもしれない。ハンドボールのチームにはいらずに、トゥヴェイタ・ギャング団に引っぱり込まれていたら。それはただの偶然だったのか、それとも運命だったのか。答は知りたくなかった。たとえわかったとしても。

「クリスティアンヌを教えてたんですか？」

「そう、国語のクラスとアンデシュのクラスもよく代行した。アンデシュは――なんというか――よく病気休暇を取っていたから」

「彼女のハンドボールのコーチも？」とバーグマンは訊いた。

「一九八八年の春期シーズンが終わってから、チームのコーチを引き受けることになったんだ。競技を続けるように彼女を説得したのは私だ。あの子はすばらしい素質を持っていた……そう、望みさえすればどこまでも高みに行ける子だった」

ふたりのあいだに沈黙が流れた。ファーバルグはまた首を振った。

「思い出したよ。きみもなかなかいい選手だった。そうだろ？」

「まあまあでしたけれど」とバーグマンは答えた。「ずばぬけてというほどじゃなかった」

「ここに来たのは、でも、アンデシュの話をするためだよね？　ハンドボールじゃなくて」

ファーバルグの口調が変わった。一段階低くなったその声は暗く、さっきまでの少年っぽい声とはまるでちがっていた。ラスクとの関わりが彼をよほど苦しめているのだろう。それは明らかだった。

「アンデシュのことはよく知っていたんですか？」

「ああ、よく知っていた。正直なところ、彼は簡単には人を寄せつけない男だった。たまに心を開くこともあったけれど。なにしろ社会性に乏しくて、職員室では珍しい存在だった。それでも一面きわめて有能で、子供たちからも好かれていた」彼は視線を落とした。

〝好かれていた〟という表現がふさわしくないことにあとから気づいたようだった。

「ラスクに関して疑わしく思われるようなところはなかったんですか？」

　そのとき、机の上に置かれていた電話がほとんど聞こえないくらいの小さな音で鳴りはじめた。ファーバルグは詫びながら電話に出た。そして、電話の相手が話しているあいだ、眼を閉じて訊いていた。妻かパートナーだろうとバーグマンは思い、部屋の中を見まわした。個人経営の会社にしてはオフィスが散らかっている気がした。ファーバルグ本人の身だしなみが完璧なのに比べ、芸術に関する仕事をしている人間のオフィスのような雰囲気だった。もしくは、働きすぎの弁護士か。あるいは人気のある教師か――どんな生徒ともうまくやっていくことができ、卒業式にも顔を出すのが好きなタイプで、母親たちから笑顔を引き出せることばの力を持ち、退屈な夫ではなくこんな人と結婚したかったと思わせるような教師。机の上には書類がうずたかく積まれていた。おそらく壁に掛かっている絵は、ファーバルグ自身が個人の趣味で買ったものだろう。会社として絵画や造形を購入するなら、もっとまとまりのあるものを選ぶはずだ。

「それについてはあとで話そう」相手の女性にそう言うと、挨拶も交わさずファーバルグは電話を切って、顔をしかめながらバーグマンは言った。

「結婚したことは？」

「以前、同棲をしてました」

ファーバルグはうなずいた。

「それじゃあ、私の言いたいことはわかるだろう。それともわからないかな。私たちは何年もまえに別れたんだが、当時住んでいた私のアパートメントは今は彼女のものだ。ここのすぐ近くでね、今では結構な値になっているはずだ。それだけじゃなく、財産の半分も持っていかれた。どこも同じだ。私のせいだと言われてしまうような原因なら、どこにでもある」

「再婚したんですか？」

ファーバルグはまたうなずいた。

「あなたはあのときどうして悲しみを受け止める役目をあえて背負ったんです？」

「あのとき中学校で？」

「そうです。気分を害したなら謝ります」少しでも警戒心を和らげようとしてバーグマンは言った。「でも、どうしてそんなことを訊くかわかります？　よく言われることですが、放火魔ほど火事を消そうと必死になるからです」

彼はファーバルグの表情を観察した。見るかぎり、平静を装っていた。それでも眼の中にはまだ悲しみの色が残っていた。達者な役者なのか、意図的な挑発には乗らないタイプなのか。

ファーバルグはただうなずいた。

バーグマンは言った。「犯人はよく現場に戻ってくる。妻の失踪届を出して悲しみに暮れる夫の大半が妻を殺している」

それでもファーバルグにめだった反応はなかった。またうなずくと、机の上の一点を見つめながら言った。

「きみの仕事がどんな仕事なのかは理解しているつもりだ。今きみが言ったことがきみの現実だということも。しかし、私はあのとき少しでも子供たちの助けになりたかった。深い悲しみに暮れていたあの子たちの。それが私の現実だった」

「あなたはあの夜、そういうやさしさから学校の門を開いて生徒を慰めた。そうですよね？」

ファーバルグがいきなり手のひらで机を叩いた。突然の大きな音にバーグマンは飛び上がった。

「いい加減にしてくれ、バーグマン！」

机を叩いて想像以上に痛かったのか、ファーバルグは手のひらを見つめた。

「きみはこんなことをいつもしているのか？　いとも簡単に人の領分にはいり込んで、クソ野郎のように振る舞うのか？　こんなことにつき合う義務は私にはない」彼の声はいくぶん落ち着きを取り戻していたが、表からは見えないところで余燼（よじん）がくすぶっているように見えた。

　バーグマンは椅子に深く坐り直した。ファーバルグの反応を見てむしろほっとしていた。凶悪な犯罪が起きたときに救世主のように振る舞う人間は、どう考えても怪しい。感情を外に出す人間のほうがよほどいい。

「もう一度訊きます。どうしてあのとき学校の門を開けたんです？　あなたの生徒でもなかった子のために。どうしてあなたが率先して開けたんです？」

「それはただほかに誰もいなかったからだ。彼女が発見された日曜日の夜、校長に電話をかけた。誰かと話したかった。校長は私の個人的な友人でもあった。彼女も大変なショックを受けていて、とても話せるような状態じゃなかった。それで彼女の上司に電話したんだが、その上司はコペンハーゲンに旅行中で留守だった。で、結果的に私の責任で開けることにしたんだ」

「クリスティアンヌの担任の教師は？」

「彼は少し変わった人物でね。いつも臆病だったが、あのときは特にそうだった。陣頭に立ってほしいと頼んだが、断られた。学校は関係ないと言って。結局、現われもしなかった。学校に行ったのは私と若い教師数名だけだった。若者はいつでも協力的だ」

　バーグマンは手帳にメモした。〝担任教師？〟。

「担任の名前は？」

「グンナル・アウストボ。グレンランド地域出身で、独身を通していた。保守的なクリスチャンで、どちらかというと右翼思想の持ち主だ。いつもスーツを着ていてちょっと変わっていた。でも、いい教師だ、そう、数学の天才といった感じの男で、感情的な人間ではない。それと、人と対立することを極端に嫌がるところがあった」

「今、どこにいるかご存知ですか？　もう引退してるんでしょうか？」

ファーバルグはしばらく考え込んでから言った。

「学校を辞めたあとスペインに行ったんじゃないかと思うが、確かなところはわからない。昔の同僚に訊いてみようか？」

「ぜひお願いします。で、ラスクの件ですが、どこまで話しましたっけ？」

「疑わしく思われるようなところ」とファーバルグは言った。「きみの質問は〝ラスクに関して疑わしく思われれるようなところはなかったか〟だ。答は〝ノー〟だ。あんな残虐なことをするなどというのは、人の想像を超えている。だから疑うこともなかったよ。確かにエキセントリックなところはあった。でも、だからといって、あんなことができる人間だとは夢にも思わなかった」

「再審のことはどう思いますか？　無罪放免になると思いますか？」

「なんと答えればいい？　何も意見はないよ」

確かに、とバーグマンは思った。誰もあなたを責められない。腕時計に眼をやった。ただ時間を無駄にしただけのことだったかもしれないが、名前は手帳にメモした。グンナル・

アウストボ。自分が担任するクラスの生徒が殺されたというのに奇妙な行動だ。

「もう少し役に立てるような情報が提供できたらよかったんだが、もう話すことはないようだ」ファーバルグはバーグマンから渡された名刺を上着のポケットに入れ、見送ろうと立ち上がった。

ふたりは廊下をエレヴェーターまで歩いた。ファーバルグは会ったときと同じく力強い握手をした。

バーグマンは頭のスウィッチを切って、エレヴェーターから見える景色だけに集中しようとした。隣り合うビルが放つ光の向こうにリーサーカー・フィヨルドが見えた。

また闇が世界を覆っていた。今年ほど冬が心に重くのしかかることもない。歳のせいか？いや、たぶんクリスティアンヌのせいだろう。

駐車場に出て煙草に火をつけ、携帯電話を取り出して、今いる場所を確認した。百メートルほどくだったところを這っている、欧州高速道路Ｅ１８号線からうなり音が聞こえていた。リッレアーカー通りは彼のいる場所の左側を北に向かって延びている。どこまでも暗闇が広がる中を車に轢かれずにどうやってリーサーカー駅まで行けばいい？

何歩か歩きはじめたところで、彼の名前を呼ぶ声がうしろから聞こえた。

「バーグマン、バーグマン！　トミー！」

立ち止まりはしたものの、振り返らなかった。あの少年っぽい声を聞きまちがえるはずがない。

　ファーバルグがすぐに横までやってきた。こめかみに汗の粒が浮いてた。階段を駆け降りてきたのかもしれない。その表情はさきほどまでとはがらりと変わっていた。まるで幽霊を見たような顔をしていた。

「どうしました？　何か問題でも？」とバーグマンは尋ねた。

　ファーバルグは額の汗を拭って言った。

「いや、それほどのことではないのだけれど」

「でも……？」

「でも、ちょっと気になることを思い出してね。きみが出たあと急に思い出したんだ。クリスティアンヌが殺された事件の再審がおこなわれるんだったね？　アンデシュが無実かどうか、もう一度検証される。そういうことだね？」

　バーグマンはあえて返事をしなかった。

「そうでなければ、きみがここに来ることはない」

　バーグマンは煙草を深く吸った。ファーバルグにあれこれ明かすわけにはいかない。

「いずれにしろ、そんなに重要なことじゃないかもしれないんだが――」

「だが、なんなんです？」

「アンデシュから、よく話をする友人がいると聞いたことがあるんだ」

バーグマンは眉をひそめて訊き返した。

「友人——？」

「いや、やっぱり関係ないかもしれない」

「その友人の名前は？」

「イングヴァル」

「ほう。アンデシュ・ラスクとはどういう知り合いなんでしょう？　彼の苗字は？」

「まあ、あまり関係ないとは思うが。名前がイングヴァルだったこと以外、あまりよく覚えてないんだよ」

「いや、あなたはもっと知っているはずです」とバーグマンは言った。「そうでなければ、ここまで追いかけてはこなかった」

「もうずっと昔の話だが、アンデシュから一度こんなことを聞いたことがあったんだ。イングヴァルはあまりいい人間ではない、と。すぐに怒りを爆発させる、と言っていた。何をしでかすか、恐れているような口ぶりだった」

〈クリポス〉から山のような資料が届いている上に、またひとつ調べなければならないことが増えた。あまり期待できそうにない情報だが、今回のような大がかりな捜査では、重要な要素が見逃されることが往々にしてある。

「アンデシュとイングヴァルはどこかで一緒に働いたことがあるんじゃないか。そんな印象を受けたのを覚えている」

「学校で？」

「たぶんそうだろう。でも、それ以上は何も聞かされなかった。大して重要な情報ではないと思うけれど、きみが帰ったあとなんだか嫌な予感がしたものだから」

「わかりました。そのことをこれまでに警察に話したことはありますか？」

「いや。学校でアンデシュのことを疑っている者は誰もいなかった。私も質問されたことはない。話しておきながら言うのもなんだが、大したことじゃないような気がしてきた」

「ええ、そうかもしれない」

それ以上バーグマンには言うことがなかった。コートも着ずにそこに立っているファーバルグは寒そうだった。かすかに震える手で上着のボタンをかけて彼は言った。

「だいぶ寒くなった」

ここ何週間もずっと寒い、とバーグマンは思った。

ファーバルグがビルの中に戻るまでバーグマンは彼の姿を眼で追った。

十分後、スキー列車が駅にすべり込んできて、彼を低体温症から救ってくれた。窓ぎわに空席を見つけて坐った。眼のまえの坐席の背面を覆っているスミレ色の布は何者かにナイフで切り裂かれ、黒いマーカーペンで携帯電話の番号が書かれていた。

バーグマンは列車の窓ガラスに映る自分の顔を見つめた。

グンナル・アウストボ。クリスティアンヌの担任教師。

29

　こんな世界を創造したのはいったいどんな神だろう、とエリザベス・トーステンセンは自問した。あまりに邪悪で卑劣で、理解できないことであふれている。それこそ神など存在しないという証しではないのか。そんなことは九歳のときからわかっていたが、歳を重ねるごとにその実感がますます強くなっている。

　彼女は夕食のときからずっと書斎に閉じこもっていた。出てくるようにといくらアスゲイルに言われても、どうしても出ていくことができなかった。

　腕を振り、机の上にのっていたすべての新聞を払い落とした。クリスティアンヌの顔がアンデシュ・ラスクの顔と混じり合った。新聞写真の一枚には、ヴェストフォル県のどこかの森の中で、両腕を体の脇に垂らして少年のようにはにかんでいるラスクが写っていた。

　エリザベスの体の中を震えが駆け抜けた。まるで悪夢から目覚め、次の瞬間にそれが夢ではなく現実だとわかったときのように、体の奥底に隙間が大きく口を開けた。ドアの外から聞こえてくる声は、突き刺すように甲高い真夏のカモメの鳴き声に似ていた。そのうち、カモメたちはそのくちばしでドアと床の隙間をつつきはじめた。今や書斎の床の上にくちばしがどんどんはいり込み、本棚に並ぶ本をつついている。その昔、彼女は救いを求めて本を買いそろえたのだった。現実から逃避するために。もう忘れてしまったの？

　くちばしはエリザベスのこめかみまで届き、つつかれまいと彼女は頭を手で覆った。あっちに行けば家族にとってどんなにいいだろう。ここはちがって。もうあの手で触れられることはない。ベッドの横に寝られることもない。あの頃毎晩そうだったように、無理やり体の中に押し入ってこられることもない。あの呼び方をしなくなったのはいつからだろう？〝パパ〟。あまりに耳に馴染まない。まるで遠い外国のことばのようになってしまったのだ。

　少女たちがわたしのようにならなければ、すべてがうまくいく。

ドアをノックする音に彼女はびくっとした。

「お茶をいれたよ」いつものように、アスゲイルの声はやさしかった。彼はいつもやさしい。やさしすぎる。すべて見ないふりをしてくれている。彼がいなければ、ここまで生きてはこられなかっただろう。

「キッチンに置いておいて。すぐ行くから」

　廊下に立っている彼が想像できた。夕食に誘ってくれたが、お腹が空いていないと言って断わった。ペーターと夕食をすませると、アスゲイルはコーヒーとデザートに誘ってくれた。それも断わり、「紅茶がいいわ」と言ったのだった。イギリスの映画に出てくる上流階級のわがままな老婦人のような、どこかよそよそしく気持ちのこもらない口調で。

ドアの向こう側に立ち、部屋から出てくるように次はどうやって促そうか考えている彼の姿が眼に浮かんだ。

結局、彼は何も言わないことを選んだようだった。

キッチンへ戻っていく足音が聞こえた。

エリザベスは床に散らかった新聞に囲まれて坐り、クリスティアンヌが新聞の山の中に埋もれているかのように探しまわった。手のひらに、娘の手の温かさが感じられるような気さえした。〝最終的解決〟と彼女とのあいだには、もはや薄い膜さえ残っていなかった。今夜。今夜やる。やらなければならない。

検察から送られてきた手紙を手に取り、細かく破った。そうしていきなり立ち上がると、カーテンを開いて暗い窓の外をじっと見つめた。

「あれが見える?」と彼女は自分に言った。「見える?」そして、悲鳴をあげた。

そのときになって初めて、玄関ホールの電話の音が聞こえた。

かすかな足音。

くぐもった声。

そして、またドアをノックする音。

彼女は窓に顔を向けたまま立っていた。列車が彼女の眼のまえを通過し、生け垣のあいだから幾すじもの光が見えた。なぜ今すぐ窓ガラスの中に頭を突っ込んで出血多量で死なないの？

「警察から電話だ」というアスゲイルの声がした。「また、あのバーグマンという刑事だ」

エリザベスは鏡に映っている自分に微笑んだ。手を持ち上げて頬を撫でた。

「バーグマン」と静かに言った。「助けてくれると言ったのに」

「何か言ったか？」ドアの向こうからアスゲイルが言った。

「あっちに行って」

彼は待った。

「助けてくれると言ったじゃない。覚えてないの？」

「でも――」

「あっちに行って！」彼女は叫んだ。窓の外を走っている列車の乗客にさえ聞こえそうなほど大きな声で。

30

バーグマンは最近はめったに市街電車には乗らない。だから、この市に住んでいるにもかかわらず、旅行客になったような気分だった。すぐ左にいる若い外国人女性に視線を向けた。銀色に縁取りされた白いヒジャブをかぶっていたが、西洋人のような厚化粧をしていた。彼女からハジャを連想し、少し嫌な気分になった。ついさっきも娼婦から彼女を連想したばかりだった。ハンドボールの練習のまえ、子供じみた期待が湧き上がることがたまにあった。最後に彼女を見かけたのは去年のクリスマスまえ、何度か試合を見にきていたときだった。

ローゼンホフ駅の手前で〝停車ボタン〟を押しながら、こんなふうにごちゃごちゃ考えるのはもうやめろ、と自分を戒めた。明日の練習のとき、サラ――ハジャの娘――に近況を訊けばいい。単純な話だ。

ローゼンホフ駅で市街電車を降り、フランク・クロコール行きつけのインド料理店まで何も考えずに直行した。慎重な歩き方をしていたのは、小便を洩らしそうだったからだ。リーサーカー駅から列車に乗ってオスロ中央駅に着き、近くのパブで飲みたくもないビールを二杯飲んだ。潜入捜査で酔ったふりをしている刑事たちの夜を邪魔したかったわけではない。ただ単に、酔っ払いや娼婦、ポン引きの使い走りや年老いた麻薬中毒者、屯して飲んでいるチンピラたち、そういう犯罪者の食物連鎖の底辺にいて、これからも死ぬまでずっとそのままでいつづける連中を観察したかっただけだ。二十代後半と思われるブルガリア人の娼婦が、警察官とは気づかずに——それともそんなことは一向におかまいなしなのか——近づいてきてバーグマンの隣りに坐った。お互いの太腿が触れるほどぴたっと寄り添ってきた彼女の甘い香水の強い香りが鼻をくすぐった。ひとりかと訊いてきたので、もちろんひとりだと答えた。彼女の黒い眼とカールした真っ黒な髪が、ハジャを思い出させ、一瞬、今からランバーセーターまでタクシーで行って一晩過ごさないか、と誘いそうになった。失職のしかたにはこういった最悪な方法もある。

彼女がトイレに行っている隙にパブを出た。二百クローネ紙幣三枚をナプキンで包み、〝きみはこんなことをするにはもったない〟と書いて、昔なじみのバーテンダーに渡した。「必ず彼女に渡してくれ。ほかの誰かじゃなく」と言い添えて。

〈ハウス・オヴ・プンジャブ〉のドアを抜けるなり、バーグマンはウェイターに合図して、ビールを一パイント注文した。シンセンにあるこのインド料理店もしかり。インド人のグループ——パキスタン人と言ったほうが正確かもしれない——が一斉に開いたドアのほうに眼を向けたが、すぐにバーの奥の壁に設置されている大きな薄型スクリーンに眼を戻した。バーグマンがそこに映し出されているクリケットの試合になんの興味も抱いていないのと同じくらい、彼らもまたバーグマンに興味はなかった。

トイレまで一直線に向かうバーグマンを見て、〈ダークブラーデ〉紙のフランク・クロコールは十代の少年のように笑った。

「正直な話……気になってしかたがないんだ、トミー」バーグマンが戻ってくるなりクロコールは言った。年季の入ったマルクス主義者でありながら、なぜか若い女の子にもてるクロコールは、〈ボルクムリーフ〉のパッケージから刻み煙草を指でつまみ取って、注意深くパイプに詰めはじめた。その慎重な手つきを見ながら、バーグマンは機械的に自分の煙草に火をつけた。インド人の店のいいところは、昨年の夏から始まった店内禁煙の規則をいつ取り入れるかに関して柔軟なところだ。おそらく、店主自身は導入したいのだろうが、どうやら大事なクリケットの試合の真っ最中らしい。今がそのときでないのは明らかだった。イギリス帝国の至宝からやってきた男たちの一団が、テレビ中継に合わせて一斉に歓声をあげていた。店の奥のテーブルで顔を突き合わせて坐っているノルウェー人の男ふたりを気にする者など誰もいない。ぬかりないクロコールは、警察関係者と会うときには自分のことを知っている人間のいない場所を選ぶ。

「で、どういうことだと思う？」とバーグマンは言った。

「クリスティアンヌ・トーステンセンか」細かな説明のないメニューをちらっと見ながら、クロコールは言った。おそらくメニューの内容はすべて頭にはいっているのだろう。何度かパイプを叩いてから、バーグマンを見すえた。

バーグマンは首を振って薄く笑みを浮かべ、そのあと店の中を眺めてから、緑の芝生の上に白い服を着た男たちが映っているテレビ画面で視線を止め、クロコールのほうを見ずに言った。

「アンデシュ・ラスクのことを教えてくれ。彼に直接会ってインタヴューできたのはあんただけだ」

クロコールはパイプに集中していた。コニャックの香りのする煙草に、バーグマンは子供時代の親友の父親を思い出した。

「驚いたね」とクロコールは言った。

「絶対に他言はしない」とバーグマンは言った。簡単な話だ。大勢の警察官が関わる通常の捜査なら、情報が洩れたとしてもどこから洩れたのかたどるのはむずかしい。しかし、今のこの状況ではすぐにばれる。

「今のことばは確かか？」とクロコールは言った。

「おれのほうからも何か提供したいのはやまやまだが、今は無理だ。ただでさえ、あんたのせいでこっちは大変な目にあってる」

クロコールは苦笑を浮かべた。

「つまり、クリスティアンヌの事件を掘り下げるのが目下の仕事なんだな？」

　バーグマンはうなずくと、ビールを一気に飲んだ。泡の層が見事に注がれたビールは、グラスの下のほうの炭酸が少しも抜けていなかった。

「明日トーテンで面会する約束になってる」

「だとしたら、あっというまに終わるだろうな。まあ、アンデシュ・ラスクは……ただの小児性愛者だ」とクロコールは言った。「小さな女の子やおっぱいが大きくなりはじめた少女が大好きなロリコンだよ。さらに、重要人物になりたくてしょうがないという病的な欲求を持ってる。完全にいかれてる……警察が彼の証言を信じはじめたら、雪だるま式に話が大きくなっていき、やつは自分をサタンより偉大だと思いはじめた……結果、スコルーダル検察官の恰好の餌食になった。世情が不安定だった当時、ラスクほど連続殺人犯にふさわしい男はいなかった。理論上は少女たちを殺した可能性がある男は何千人もいたわけだが、ラスクは条件にあまりにぴたりと当てはまった。単純な話だ。複雑なことは何ひとつない。今、やつはリングヴォルにいて、全国の狂った女たちから次々に届くファンレターを受け取ってる」

「彼の自宅で見つかった証拠品に関してはどうだ？」

「あいつは教え子のふたりの所持品をいろいろ持ち帰っていた。それらに取り憑かれていた。一方、娼婦の持ちものは一切なかった。フリーダという少女のものさえ。その理由はいたって単純明快――一度も会ったことがないからさ。おれが思うに、そもそも殺された娼婦たちはラスクの好みからすると歳を取りすぎている。だいたい二十歳だ。まあ、ひとりは十六歳だが、肉体的にはほぼ成長しきった女だった。少なくとも当時としては。それにダクトテープ。そんなもの、誰だってまわりにひとつやふたつ持ってるよ、ちがうか？」

「ラスクに関してどうしてそんなにむきになる？」

「ひとつにはやつは無実だからさ。たとえどんなにおぞましいブタ野郎の性犯罪者だったとしても。もうひとつ、真犯人はまだこの国のどこかで野放しになっているからだ。まだ生きているとしたら」

バーグマンは何も言わなかった。

「だけど、最悪なのは」とクロコールは言った。「最悪なのは、クリスティアンヌを殺した犯人がおそらくほかの少女たちも全員殺してるということだ。ダイナもそいつに殺されたんじゃないかと思ってるんだろ、バーグマン？　だから自分のほうからは何もおれに話したくないんじゃないのか？　ラスクに関する資料は嫌というほど読んできた。でも、それをおれが書けないのは百も承知だろ？　これまでの事件とまったく同じことがダイナの身にも起きたんじゃないのか？　そうでなければ、あんたがこれほど無口なはずがない。やつはまた指を切り取ったのか？　そうなんだろ？　右手の人差し指。今回はそこから始めたんじゃないのか？」

バーグマンの無言がすべてを物語っていた。

「ダイナの事件のことを話してくれ」クロコールは小声で言い、バーグマンと眼を合わせようとした。

バーグマンはただ首を振るしかなかった。

「ラスクの線は見当ちがいだ、トミー。あんただってわかってるはずだ」

「もしそんなことを書いたら、おれたちの関係もこれまでだからな」とバーグマンは言った。

「おれがそんなに馬鹿だと思うのか？　いずれにしろ、おれが言いたいのは、ようこそお帰りってことだ。おれはずっと言いつづけてきただろ？　ラスクは何があったのかも説明できなかったんだから。ヴェストフォルの森で録画された映像はあんたも見ただろ？　馬鹿みたいにただ突っ立って、あちこち指差しただけだった。少女たちの指が切り落とされていたことに関する供述、あれはたまたまのことだよ。当てずっぽうがたまたま当たっただけのことだ」

「ほんとうにそう思ってるのか？」とバーグマンは言った。その瞬間、昨夜は確かにテレビを消したという思いがなぜか確信に変わった。彼は頭を強く振った。

「思ってる？」とクロコールは言った。「ああ、おふくろと親父の墓に誓ってな。警察が追うべきはたったひとりの男だ。そして、それはラスクじゃない。複数の犯人を疑うには共通点が多すぎる。それにそもそもこの国は小さい。犯罪も多くない。早く犯人を捕まえなければ、また少女が犠牲になる。今、犯人はクリスティアンヌとダイナについて書かれているあらゆるものを読んでるだろう。そのうち自分を抑えきれなくなって、また殺しを始めるのはまちがいない」

パラドックスそのものだ。難儀そうに立ち上がってトイレに向かうクロコールを見ながら、バーグマンは思った——おまえがダイナとクリスティアンヌのことをあんなに書き立てなければ、彼女たちの写真で新聞を埋め尽くさなければ、次の殺しを防げるかもしれないんだよ！

おまえのせいでおれは雪辱のチャンスを失うかもしれないんだ。

「ラスクは外の人間とつながってると思うか？」バーグマンはトイレから戻ってきたクロコールに尋ねた。

クロコールは椅子の背にもたれた。右手にパイプを持ち、マッチ棒で煙草をつつきはじめた。

「どういう意味だ？」

「忘れてくれ」

「殺しに関わっている人間はほかにもいる。そう思ってるのか？」

「忘れてくれ」

クロコールからはもうこれ以上の情報は得られないと思った。そろそろ引き上げどきだ。

オフィスに戻ると、机の上に書類の山ができていた。ポストイットが貼られ、系統だって整理されていた。

三十分かけてフォルダーの中を順番どおりに眼を通していくと、スサンヌがまだ作業の途中だということがわかった。それでいい。明日ラスクに会いにいくときには、彼女も連れていくべきか？

31

「ママ！」

隣りに寝ているマテアが寝返りを打ち、スサンヌは眼を覚まし、眼をしばたたいた。聞こえたと思ったのは夢の中での叫び声だった。また悪夢だ。こんなに夜の早いうちに見るのはめったにないことだ。最近、マテアは毎晩のように深夜に起きる。例外なく。

〈タグ・ホイヤー〉の蛍光文字盤に眼をやった。結婚式の翌日にニコライがプレゼントしてくれた腕時計だ。八時半。天窓が雪に覆われていた。また降りだしたのだろうか。それともう朝なのか？

マテアを起こしてしまうかもしれなかったが、気にせずベッド脇の明かりをつけた。文字盤に表示されていたのは、眠りについたときと同じ日付だった。一瞬、時間の意識も空間の意識も飛んだ。

明かりを消し、ベッドに横になってニコライのことを考えた。初めて会ったときの彼の顔。彼のことを考えてもかまわない。何を考えているかは他人にはわからないのだから。

悔やんでもかまわない。

今ほど自分のしてしまったことを後悔したことはなかった。

マテアに体をくっつけて丸まろうと寝返りを打つと、クリスティアンヌの姿が瞼に浮かんだ。スサンヌはマテアの黒く濃い睫毛を見つめた。年頃になってもマスカラは必要にならないだろう。そんなことを思うと、ついつい悪いことを考えてしまう。男たちはマテアを見つめ、求め、辱めるだろう。そして最後に私は、白いクレープ生地の服を着せられて両腕を胸の上に組み、死体安置所の金属製のケースに横たわる娘の身元確認をすることになる……

スサンヌは両手で顔を覆った。

鳴りだした電話の着信音に救われた。

トミー・バーグマンの声を聞いて心が安らいだのは、初めてのことだった。多少問題のある人だとは思っていたが、彼は人を守る能力も守りたいという気概も持っている。そのことだけは、スサンヌは一度も疑ったことがなかった。真の危険が迫ったときに呼べば、必ず助けにきてくれる。頼りになる人間だ。

「お互いに今やっていることの情報共有をしておいたほうがいいと思ってね」と彼は言った。「ついでに言っておくと、明日おれはトーテンに行く」

トーテン？　スサンヌは思わず苦笑した。が、すぐに真顔になった。

「アンデシュ・ラスク、ですか？」

「明日、会うことになった」

なんで一緒に連れていってくれないのか訊こうと思ったが、やめておいた。男たちが外で愉しんでいるあいだ、家から一歩も出ずに家事をしている老婆役を押しつけられたような気がしたが、彼女にはどうすることもできない。

鏡の中に映っている自分をしばらく見つめたあと、居間に行ってソファに寝転んだ。

「今日は作業を全部終わらせることができませんでした」と彼女は言った。

「そうみたいだな」

「明日やります」

バーグマンは何も言わなかった。スサンヌは内心思った——人を支配しようとする古いやり方ね。絶対にその手には乗らないから。

「そのかわり、午後は別のことをしてましした。もしかしたら手がかりがつかめるかもしれません」当時の目撃者を探しにブローベック通りに行ったことを話した。

「ほう?」彼は驚いたようだった。墓穴を掘ったかもしれない。

「たぶんなんでもないとは思うんですが」と彼女は言った。

「何を追ってる?」

「いえ、ただ……クリスティアンヌが行方不明になった土曜日に彼女を目撃したと証言したふたりを覚えてますか?」

バーグマンはすぐには返事をしなかった。

もう、どうにでもなれ、と彼女は思った。

「ああ」しばらくして彼は言った。「覚えてる。ひとりはビョルン＝オーゲ・フラーテン。通称ブンナ・フラーテンだ。何度あの男をパトカーで拘置所まで連れていったことか」

スサンヌは髪をねじったりほどいたりしていた。

「彼がどうした？」とバーグマンは言った。そのあと何を言われるか、彼女にはわかっていた。記録の中に――その行間にも――書かれていることだ。目撃者として信用できない、金目当てでなんでもする男。だから捜査線上から排除されたのだ。

スサンヌは何も言わなかった。何も言えなかった。

「信用できるような相手じゃなかったんだ、スサンヌ。あの頃やつがどんな人間だったか、おれにはよくわかってる」

あなたとベントがパトロール警官だった頃の話ね、と彼女は思った。昔話にはうんざりだ。ＯＢの仲よし会。当時、現場で対応する警察官たちは、ならず者集団と言っても過言ではなかった。逮捕状も出ていない移民の犯罪者や麻薬密売人を袋叩きにし、報告書には〝逮捕時に抵抗〟と書いて口裏を合わす。そんなことが日常茶飯事だった。

「話が聞きたいだけです。彼は、スコイエンでクリスティアンヌを目撃したと主張していました。どうしてそんなふうに言い張っていたんだと思います？」

「ああいうヤク中は病的なほど嘘つきだ。どうすれば自分に有利になるか、それしか関心がない。あいつは警察が信じてくれなかったから、次は〈ダークブラーデ〉に行った。ただ金が欲しかっただけだ。〈ダークブラーデ〉で千クローネぐらいは手にしたかもしれないが、それ以上はもらえなかった。で、一週間後には発言を撤回して大騒ぎになった。スサンヌ、きみが警察にはいるまえの話だ」

「ママ！」寝室から声がした。

「いずれにしろ、明日ラスクに会いにいってくる。愉しみにしているとは言わないが」

そうでしょうとも、とスサンヌは思った。男ってやつは。

「クリスティアンヌを目撃したと嘘をつくどんな理由がビョルン＝オーゲ・フラーテンにあったんでしょう？」

「ママ、おもらししちゃった」マテアはキッチンまで来て、居間をのぞき込んでいた。

夕食に牛乳を何杯も飲ませたのに、寝るまえにトイレに行かせるのを忘れていた。おねしょがまた始まったわけではない。そうではない……たぶん。

「ちょっと待ってて」小声でマテアに言った。「少しだけ静かにしててくれる？」ずっと母から押しつけられてきた概念に、一瞬呑み込まれそうになった。わたしは悪い母親。ただそれだけ。最低の母親。姉のリーネのように愛情にあふれた母親にはなれない——姉なら、きっと良妻賢母になっただろう。もしあのとき、シートベルトを締めていれば。二十年まえ、ボーイフレンドの運転する車の事故で死んでさえいなければ。

「九系統」とバーグマンは言った。「そう聞いて思いあたることは?」

「わたしはアスケル市の出身なので」とスサンヌは言った。

「市街電車の九系統はリアーブルからヤールまで通っていた。セーテルにもスコイエンにも停車した。当時は、ブンナ・フラーテンが住んでいたアマリエンボルグのすぐ近くにも駅があった。ノーストランのスポーツ施設からスコイエンに行くんだったら、普通は市街電車を使うんじゃないか? だから、そのふたりがほんとうにクリスティアンヌを目撃したとは思えないんだよ、スサンヌ」

「彼女は鉄道のノーストラン駅で目撃されていました。列車で行ったんです」

「そうだな、市街電車じゃなかったのかもしれない」とバーグマンは言った。「だけど、たとえそうだとしても、なんの解決にもならない。彼女をオスロ中央駅で見たと言っていた老人はもう生きてない。どうして彼女は市街電車に乗らなかったのか、おれにはさっぱりわからない。内心、実際には乗ったんじゃないかと思ってる。もしかしたら、学校のスウェットシャツのフードを深くかぶって坐っていたのかもしれない。あるいは、野球帽をかぶっていたとか」

「あの当時、野球帽をかぶっている人なんていませんでした。今とはちがいます」

「スサンヌ」とバーグマンは言った。「いいか……」

「これはとっても大事なことです。わからないんですか?」自分の声が高くなっていることに気づいた。ニコライと喧嘩したときと同じように。

電話の向こうは静かだった。

「すみません。ちょっといろいろあって」

なんで？　なんでわたしが謝るの？　いかにも自分らしい。ほんのちょっとしたことでもすぐに謝る。相手が男の場合は特に。まるでこう言いたがっているかのようだ——わたし、ただの馬鹿な女の子なの。ごめんなさい。馬鹿だからすぐに感情的になってしまって、ほんとうにごめんなさい、と。

「もしかしたら、彼女は誰にも見られたくなかったのかもしれません。だから列車に乗ったのかもしれない。乗ってる人がそんなに多くないから。もしかしたら、クリスティアヌはほかの女の子たちには知られたくない何かをしていたのかもしれない。そういう可能性を考えたことはありますか？　彼女は誰よりさきに更衣室を出ました。そのあとゴーリア方面には向かわなかった。セーテルで市街電車が来るのを待ちたくなかったのかもしれません。きっとそうです。彼女は姿を隠すかのように暗い道を通ってノーストラン駅まで行ったにちがいありません。そこからの列車でもスコイエンに行けるとわかっていたから」

バーグマンは沈黙を続けていたが、やがて言った。

「わかった。一回だけチャンスをやろう」

「ありがとうございます」

わたしのほうがボスにふさわしいんじゃない？　スサンヌは内心思った。あの修士論文さえ書きおえれば。

バーグマンは何も言わずに電話を切った。

スサンヌは受話器を耳にあてたまま立っていた。

「さむいよう」すぐうしろでマテアが言った。「ママ」

娘。娘のことをすっかり忘れていた。

ママも寒いよ、とスサンヌは思った。電話を置くと、実際に少し手が震えていた。もしかしたら、結局のところはバーグマンのことを恐れているからなのかもしれない。もしかしたら、なるべく考えないようにしている姉のリーネのことをさっき思い出したからなのかもしれない。それとも、母からさんざん言われているように、わたしがどうしようもない母親だからなのかもしれない。娘は震えていた。生乾きの尿のにおいがした。

わたしはすべて持っていたのに、何もかもを捨ててしまったのだ。

マテアにシャワーを浴びさせ、マットレスを裏返してシーツを替え、ベッドに寝かせてアメリカのバンド〈モーテルズ〉の曲をかけた――スサンヌ自身はめったに聞かないのだが、リーネが失恋するたびにいつも聞いていた曲だった。その曲を大音量でかけた。マテアが眼を覚ましてしまうかもしれないほどの大音量で。人生は取り戻せないことばかりだ。

スサンヌは手を合わせ、ビョルン＝オーゲ・フラーテンがわたしを救ってくれますようにと祈った。

32

ドアをノックする音が聞こえた。まちがいないと思ったが、絶対にそうだとは言いきれなかった。初めのうちは無視しようと思った。が、無理だった。バスルームで古い歌を大声で歌う妻の声も掻き消すほどの音だった。半分開けたドアから、聞こえてくるさまざまな音に耳をすました――シャワーの音、浴槽で水がはねる音、鼻歌。

そして、ノックの音。

地下からだ。

一回、二回、三回。

そのあとの静けさ。

暖房用のパイプの音か、さもなければ地下室に誰かいるのか。何者かが地下でパイプをリズミカルに叩いているのか。彼を呼び寄せようとして。

アルネ・フールバルゲは読んでいた新聞をおろし、玄関ホールに出る戸口を見つめた。居間の中は暗かった。彼が今坐っている〈ボーエ・モーエンセン〉の古い肘掛け椅子のまわりだけが、電気スタンドの明かりに照らされていた。

何かが叩かれているようなかすかな音がまた聞こえ、彼は椅子の肘掛けをつかんだ。

頭の中で回数を数えた。

一回、二回、三回。

いつも決まってこのリズムだ。

その場に凍りついたように、まったく動けなかった。暗い居間の窓ガラスに映った自分を見つめた。外は何もかも真っ暗だったが、それは想定の範囲内だった。庭の向こうには平地が広がり、その先には森しかない。

叩くような音が止まり、彼は眼を閉じた。肘掛け椅子から立ち上がり、裏地付きのカーテンを閉めにいった。それから音をたてないように注意して居間を横切り、廊下に出て立ち止まった。バスルームのほうを向くと、グンはさきほどと同じ曲をまだ歌っていた。もの悲しいそのメロディは何度も聞いたことがあったが、曲名までは知らなかった。心が少し安らいだ。が、それも叩くような音がまた聞こえてくるまでのわずかなあいだだけだった。

急いで玄関まで行き、ドアを確かめた。

施錠されていた。

ふう、と息を吐いた。

何をごまかそうとしているんだ？

怖いと思っているのは地下室のドアじゃないか。裏庭に出るドアだ。

彼は振り返り、重い足取りで玄関から離れた。

地下室へと降りる階段の上で立ち止まった。下には暗闇が広がっていた。何秒かのあいだ、子供の頃の恐怖がよみがえり、麻痺したかのように動けなくなった——真っ暗で何も見えない倉庫の中に、兄に閉じ込められたときの恐怖。

そんな自分を鼻で笑い、コンクリート製の階段を降りはじめた。

半分くらい降りたところで、手すりを握る手に思わず力がはいった。

叩くような音がすぐそばで聞こえたのだ。暖房用のパイプが地下室の天井を這っていた。

また音が聞こえた。

頭上のパイプがうねったように見えた。そのあとまた音はやんだ。

何も見えなかった。地下室は真っ暗な海のように広がっていた。子供たちがまだここに住んでいたときに使っていた古いバスルームが少し離れたところにあった。いつもは明かりをつけっぱなしにするのだが、今はついていなかった。

一段飛ばしで階段を降りていくと、危うく床に転がりそうになった。気づくと、肩で息をしていた。認めたくはなかったが、三十年近くまえに家の購入時に内覧したときからずっと、この地下室が怖かった。細長く、迷路のように入り組んでいるのだ。その一番奥——今ではほとんど使わなくなったテレビ・ルームの裏——にいまだにその仕組みがよく理解できない暖房用の石油ボイラーが置かれている小部屋がある。そのボイラー室から外に出るには経路がひとつしかない。まずはテレビ・ルームを通って迷路のような廊下に出て、その廊下を通って裏庭に出るドアのある洗濯室にはいる。その洗濯室を抜けると、地上に上がる階段にたどり着く。

壁のスウィッチを押して明かりをつけた。

天井の蛍光灯がちかちかと点滅した。

洗濯室の中に人影が見えたような気がした。誰かの顔?

まさか。

「おまえなんか怖くないぞ」声に出して言い、洗濯室にはいった。

そこはがらんとして誰もいない灰色の部屋だった。コンクリートが剝き出しになった壁と湿気の多い空気のせいで、まるで地下牢のようだ。あるいは、隔離病棟か。ラスクをまた隔離病棟に移すことができれば、もっと安心できるだろうが、その選択肢はない。仕事を失いたくなかった。たとえ引退を間近に控えていたとしても。

洗濯室の奥に裏庭に出るドアがある。古いドアで、鍵はかかるがデッドボルトはついていない。こんな田舎でそんなものは必要あるか?

彼はドアノブに手を伸ばした。

鍵がかかっているか確認しようとしたところで、背後からまたあの音が聞こえた。

一回、二回、三回。

音が遠ざかったような気がした。

音の出所がわかった。あの黒くて邪悪なボイラー室だ。

皮膚が羽根をむしり取られたばかりの鶏のようになった。

ボイラー室の中に誰かいる。

「くそ」

庭に出るドアを引いた。

鍵はかかっていた。

それは確かか？　古いドアががたついていることには以前から気づいていた。ドアノブをしっかり握り、全体重をドアにかけた。

やはり鍵はかかっている。

なのに、なのに何者かがこの地下室にもぐり込み、ボイラー室でパイプを叩いている――どんな方法を使ってはいったにしろ。ひょっとして、彼がまだ仕事で留守にしている日中はドアの鍵が開いていたのか？　はいり込んだあと、内側から鍵を閉めたのか？

彼はポケットから携帯電話を取り出し、リングヴォル病院に電話した。

「はい」当直の看護師が電話に出た。

「すまない、まちがえた」とだけ言って彼は電話を切った。看護師がそれを信じたかどうかはわからないが、なんとか平常な声で話せたはずだ。

またパイプを叩く音が聞こえた。今すぐ捕まえてやる、くそ。急ぎ足で洗濯室を出た。鍵は閉めなかった。テレビ・ルームの明かりをつけると、まぶしすぎて眼がくらんだ。暖炉の横に立てかけてあった火かき棒をつかみ、部屋の奥にある鉄製の扉に向かって走りだそうとした瞬間、音が聞こえた。

足音だ。

フールバルゲはゆっくりと振り返った。

「何してるの?」と妻が言った。スリッパを履き、バスローブを羽織り、腰ひもをゆるく巻いていた。

またパイプを叩くような音が聞こえた。彼は顎でボイラー室を示した。

「明日、修理会社に連絡するわね。ボイラーがおかしいだけよ、アルネ」

彼はうなずいた。

グンは夫のすぐそばまでやってきた。彼はとっさにあとずさりした。まるで彼女がほんとうに妻かどうか疑ってでもいるかのように。

「どうしたの?」

「なんでもない」

彼は妻を安心させることばを何か言おうとした。が、その瞬間に階上(うえ)で電話が鳴り、火搔き棒が手から落ちた。

「エードレ・マリアは生きている」と彼は言った。「彼女は生きている」

グンはあきれたように首を振った。

電話の呼び出し音がやんだ。

彼は顔をしかめた。クリスマスが終わるまで、誰が訪ねてきても絶対にドアを開けるな、と妻に言いたかった。ただ、彼にはひとことも発することができなかった。

33

スサンヌ・ベックを理解することは一生できないだろう。それでも別にかまわない。バーグマンはそう思った。選択肢が与えられたとしても、彼女をこのまま部下として置いておくかどうかも、すぐには判断できなかった。

国勢調査データベースの検索結果が表示された。

「くそ」

それによれば、グンナル・アウストボは一九九八年にスペインに移住していた。これ以上調べるのは無理だろう。アウストボには親類もいなかった。彼はただのエキセントリックな独身男で、一九八八年のあの日曜日、クリスティアンヌの友人たちの面倒をただ見たくなかっただけなのだろう。

ヨン＝オラヴ・ファーバルグに電話して、アウストボがスペインのどこにいるか知っていそうな元同僚に連絡を取ってもらおうかとも思ったが、すぐに思い直した。そのかわり、ファーバルグとの会話内容を簡単にまとめたメモをつくり、事件ファイルに保管しておくようにと書き添えて、スサンヌに送信した。まあ、新しい事件ファイルがあればの話だが。

「概要」と彼はひとりごとを言った。「事件の概要を確認しておこう」何を読めばいいのかはわかっていた――スサンヌが彼の机の上に築いた書類の山の最後のフォルダーだ。

一、二時間読んでから、アンデシュ・ラスクの裁判で司法精神医学者が提出した報告書をコピーした。それを封筒に入れ、〈クリポス〉のプロファイリング・チームのルーネ・フラータンガーに宅配便で送るようにというメモを添えて、既決箱に入れた。封筒の中には、フラータンガー宛てに〝できるだけ早く読んでください〟と書いたポストイットのメモも入れておいた。バーグマンはフラータンガーに対して相反する感情を持っており、ふたりの関係は微妙だった。たぶん、とバーグマンは思う――彼にすべてを見透かされているような気持ちになるからだろう。正直な話、彼のことはどうしても好きになれない。そういうことを言えば、精神科医は誰も好きになれないが。それでも、ルーネ・フラータンガーは今まで仕事をした中で一番優秀で、必要としているときにはいつでも力になってくれる、頼りになる男だ。

バーグマンは帰宅し、アパートメントの階段の途中で立ち止まった。何か音が聞こえた。階下のほうからだった。耳がよすぎるのも精神衛生上良し悪しだ。何かを引っ掻くような音。彼は建物の入口の郵便受けまで戻り、地下に続く階段をゆっくりと降りた。地下室には仕切られた収納室が並んでいる。そのドアのまえでしばらく立っていた。階上の入口のドアが開く音が聞こえ、彼は階段の下に身を隠した。階上から聞こえてくる注意深く歩く足音が、地下に降りてくるのか二階に上がっていくのか、最初はわからなかった。

階上だ。

階段をのぼっていくブーツの音が聞こえなくなるまで待ち、鍵を取り出して地下室のドアを開けた。戸口にしばらく立ってから、湿ったにおいのする広くて暗い部屋にためらいがちに足を踏み入れた。背後で重たいドアが閉まり、掛け金がかかる音が聞こえた。湿気の多いよどんだ冷気が彼を呑み込んだ。煉瓦造りの壁に触れながら明かりのスウィッチを手探りした。スウィッチは見つかったが、すぐには押さなかった。

誰か、あるいは何かの息づかいが聞こえた。

細長い窓からはいり込んでくる街灯の光に照らされ、床の近くでふたつの眼がかすかに光った。

明かりのスウィッチを押した。白と黒の猫が鳴き声をあげ、彼は飛び上がった。猫は一番奥の収納室まで走り、そこでちぢこまった。バーグマンは、安堵の波に洗われた。無意識のうちに、猫とはかけ離れた何かを予想していた。現実がしっかり把握できていないのではないか。自分を疑った。

彼が近寄っていくと、猫は反対方向に逃げていった。

「おいで」本人としては猫撫で声と信じる声で誘った。そして、ゆっくりとしゃがみ込み、腕を差し出した。「おいで。ひと晩じゅうこんなところにはいられないだろ？」

突然、後方でドアが引き開けられた。

立ち上がろうとしてバランスを崩し、膝をコンクリートの床に打ちつけた。それでもすばやく立ち上がり、振り返った。

ドアを開けた人物はまだ地下室にははいってきていなかった。

呼吸がうまくコントロールできなかった。反射的に浅く短い呼吸になっていた。ひとつの思いが頭をよぎった——昨夜、寝るまえにテレビは確かに消した。まちがいない。地下室の中を見まわすと、窓の下に雪掻き用のシャベルと先の尖った折りたたみシャベルが置かれているのが見えた。数歩も行けば手が届く。

何者かの手がドア枠をつかんだ。

「なんだ、あなたでしたか」

バーグマンは深く息を吐いて思った——勘弁してくれ。このままだと身が持たない。四階に住む老婦人——名前はなんだったか？　確かインゲブリクトセン——が地下室にはいってきた。

「最近、耄碌してきちゃって」と彼女は首を振りながら言った。猫は飛び跳ねながら駆けていき、彼女の脚にまとわりついた。

「猫を飼いはじめたんですか。いいことですね」

「そうなの」と彼女は言った。「トリグヴェが死んでから、話し相手がほとんどいなくなっちゃったもんだから」

彼女の夫が救急車で運ばれていった夜のことを思い出した。

インゲブリクトセン夫人はため息をついた。

「まったく、いやあね。この子をここに置き去りにしちゃったみたいなの」彼女はバーグマンにというより自分自身に言った。

「鳴き声が聞こえたので――」

「警察の人が同じ建物に住んでるなんて、とても心強いわ」と彼女は言い、弱々しく笑った。「少なくともわたしはそう思うわ」

「それはどうもありがとうございます」

「でも、この地下室までは効き目がないみたいで残念よ」

彼は老婦人と眼を合わせた。

「どういう意味です？」

彼女はバーグマンのうしろを顎で示した。

彼は振り向いた。

猫を抱いたまま彼女は彼の横を通って奥に歩いていった。

「あれ、あなたの収納室でしょ？」と彼女は言った。

彼はしぶしぶ老婦人についていった。

収納室の南京錠が断ち切られていた。

バーグマンは眼を閉じた。

「ここに石炭しか置いてなかった頃は、面倒なことがなくてよかったのに」と彼女は静かな声で言った。「その頃は、自分のものと他人のものの区別がちゃんとできる人ばかりだったし」

自分のアパートメントまで歩いていくあいだ、バーグマンはこれはただの偶然だと自分に言い聞かせた。面白いものなど何もはいっていないのに、誰かがあの収納室を物色しただけだ。あるものと言えば、せいぜい果物の空き箱や古い衣類、どうしてまだ取ってあるのかもわからないような古い教科書、それに警察学校時代の教本類。ただの偶然、それ以外の何物でもない。三階に住んでいるシングルマザーの息子のひとりは麻薬中毒者だ。おそらくその子か、その子の仲間が侵入したのだろう。自分が住んでいる建物でそんなことをするとはよほどの馬鹿だが。ましてや、警察の人間の収納室の鍵を壊すとは。いや、ほかの収納室はとっくに荒らしているのだろう。今度その息子を見かけたら、こっぴどく叱ってやらないといけない。

これはすべて偶然だと自分を納得させはしたものの、結局のところ、ベッドにはいるまえにアパートメントの隅々を点検した。戸棚や引き出しをすべて開け、本棚の上や写真の類いもすべて点検し、冷蔵庫の中まで確認した。

何かおぞましいものがはいっていることをむしろ期待するかのように、彼はゆっくりと冷蔵庫のドアを開けた。おまえは馬鹿か？　と中を見て思った。かなりまえのサンドウィッチの具や、とっくに捨てておくべきだった古い牛乳のパックしかはいっていなかった。

それでも、もやもやした気持ちは消えなかった。

何かがおかしい。

部屋の中がどこか以前とちがっている。でも、何が？

ベッドに横になったものの、まったく眠れないまま一時間が過ぎた。ベッドから起き出して薬戸棚を漁り、ヘーゲが置いていったヴァリアムの箱を見つけた。有効期限も確認せずに一錠取り出し、水道水で咽喉に流し込んだ。アルコールもすでに抜けているはずだ。ベンゾジアゼピンとアルコールの同時摂取は、今は一番避けたいことだ。トーテンでの約束の時間に遅刻しないようにしなければ。明日の朝はちゃんと起きられるだろう。それとも、起きられない？

今、ほんとうにアンデシュ・ラスクに会うべきなのかどうか。バーグマンには自分でもわからなくなっていた。

34

リングヴォル精神科病院は強制収容所を思わせるような柵で囲まれていたが、それさえなければ牧歌的な印象のところだった。柵の外に広がる雪原はミョーサ湖に向かってゆるやかに傾斜し、湖面を覆う氷に空が映っている。ただ、病院の出入口の門は、トレブリンカ強制収容所（ポーランドのユダヤ人絶滅を目的としてつくられたナチス・ドイツの絶滅収容所のひとつ）からそっくりそのまま持ってきたと言ってもいいような代物だった。バーグマンは呼び鈴を鳴らし、上着の襟を目一杯立てた。あと数時間もすれば、昨夜飲んだヴァリアム錠剤も血流から抜けるだろう。ベンゾジアゼピンがもたらす緩慢で混乱した現実感覚にはいつもうんざりさせられるが——しかもこれからアンデシュ・ラスクと直接顔を合わせるのだ——今は不思議と気持ちを楽にしてくれていた。

本館に続く砂利道で立ち止まった。すぐそばの旗竿（はたざお）にからまったロープが竿を打ちつけていた。ここで旗を掲げろ、と主張しているかのように。横長の黄色い本館の横に、本館より新しそうな二棟の低い建物があり、それぞれガラス張りの通路で本館とつながっていた。

花崗岩（かこうがん）でできた広い階段の上で、次の呼び鈴を鳴らして、バーグマンはうしろを振り返り、ここから逃走するのは不可能ではないかもしれないと思った。柵は頑丈そうな金網製だが、乗り越えられないほどではない。ワイヤ・カッターと外で待っている車さえあれば、理論的には可能だ。柵には電気も流れていそうにない。しかし、ここに閉じ込められている患者がより強力な警備を必要としていないのには、理由があるのかもしれない。自分たちの頭の中を整理するのに忙しすぎて、逃走計画など練っていられない？　それに、ワイヤ・カッターなどどこから手に入れられる？

分厚いプレキシガラスで守られた警備員室に坐っている〈セキュリタス〉社の警備員に、バーグマンは警察の身分証を見せた。警備員は〝B〟という文字の書かれたステッカーをスライド式の引き出しに入れ、ガラスの反対側にいるバーグマンのほうに押し出した。迎えが来るまでのあいだ、ラスクへの質問を頭の中でもう一度整理してみたが、どのように話を持っていけばいいのかもまだわからずにいた。何を隠そう、どうして今ここにいるのかさえ不確かだ。とはいえ、ほかに何ができる？　なんらかの具体的な報告をフィンネランに上げるまであと六日。

迎えにきたのは屈強そうな若者で、やさしげでまっすぐな眼をバーグマンに向け、力強い握手をした。実直そうな青年だった。しかし、その好印象も彼の口から出た質問で崩れ去った。

「アンデシュに話しにきたのはあなたですか？」

〝アンデシュ〟？　とバーグマンは思った。あまりにも普通の響きだった。まるでアンデシュ・ラスクもほかのみんなと変わらないとでも言わんばかりの声音だった。バーグマンは改めて自分に言い聞かせた――彼が六人の少女を殺したという事実を一旦は忘れよう。新聞記者のフランク・クロコールのように、すべての事柄を別の角度から見ることだ。たとえ性的暴行者だったとしても、殺人者であるとはかぎらない。

バーグマンが案内されたのは、この国最大の淡水湖の絶景が一望できる大きなオフィスだった。ナースステーションが隣接していた。危うくドアに取り付けられている表示板を見落としかけた。〝医師、アルネ・フールバルゲ〟。

迎え入れてくれた男性は看護師に軽く手を振り、すぐに出ていくよう促した。眼のまえに立っているのがドクター・フールバルゲ本人であることがわかり、バーグマンはいささか驚いた。昨日の電話ではもっと若い、自分と同年代の人間を想像していたのだ。実際にはかなり高齢だった。オフィスの内装も、フールバルゲがバーグマンとは異なる時代の人間であることを示唆していた。古い堅木の机と大きな自然主義の絵画は、十九世紀末にこそふさわしい。机の上にはインク壺と二本のペンが置かれ、黒い革製のデスクマットには分厚い便箋の束がのっていた。薄型のパソコン画面がなければ、ヴィクトリア朝にタイムスリップしたのではないかと勘ちがいしそうだ。

フールバルゲはバーグマンに革張りのソファを身振りで勧めた。彼自身は立ったままだった。考え尽くした上でのことだろう、とバーグマンは思った。案の定、フールバルゲは窓のまえに立った——射し込む陽射しのせいで、シルエット以外はほとんど何も見えなかった。

「クリスティアンヌ・トーステンセンの殺害について、おそらく彼は無罪になると思います」とバーグマンは単刀直入に切り出した。「つまり、真犯人がまだ野放しになっているということです。もちろんそれはアンデシュ・ラスクがほんとうに無実ならの話ですが。もし彼がほかのすべての殺人についても無罪になれば、あなたはかなり厄介な立場に置かれることになると思います。だからここは慎重を要します。古代ローマ人のことばじゃないけれど、ここはまさに〝警戒は警備なり〟です」

フールバルゲからはなんの反応も返ってこなかった。

「ダイナが殺された事件について、精神科医のルーネ・フラータンガーと話したと聞いていますが——？」とバーグマンは尋ねた。

フールバルゲはこれに対してはうなずき、真剣な表情になった。

「だったら、今日私が来た理由はご存知ですね？」

「新たな判断がくだされるまで、有罪か無罪かという問題に対して、私は何かを言う立場にはありません。警察の仕事も私の職務の範囲外です」フールバルゲはバーグマンと眼を合わさないように視線を自分の手に向けた。

「彼には何人くらいの訪問者がいましたか？」

「ほとんどいません。家族とは接触したくないようです。家族のほうも彼とは関係を断ちたがっているようです」

「家族以外の訪問者はいたんですか？」

「ええ。ここに来た一年目に」

「誰です？」

「覚えていません」

「そのとき以来訪問者がいないのなら、誰だったかは覚えておられるのではないですか？」

「バーグマンさん、当院には警備病棟に三十人、開放病棟に五十人もの入院患者がいるんですよ。いちいち覚えてはいられませんよ。申しわけないが」

「訪問者リストは？」

フールバルゲは首を振った。

「そういったものは保存していません」

「だとしても、ラスクのカルテには誰が訪問したのか記録してあるんじゃないですか？」

フールバルゲは深く息を吐いた。

「何かないか探してみましょう」

少し間が空いた。フールバルゲは机まで行き、布を取り上げて眼鏡を拭きはじめた。

ぎって言った。

「それで――」とバーグマンが言いかけると、フールバルゲはバーグマンのことばをさえぎって言った。

「お願いしたとおり、ひとりで来てくださったのはよかった。ラスクは、少しでも圧力がかかっていると感じると、不安定になりやすいんでね。まあ、精神病患者のほとんどがそうですが」

「彼の精神病は今も治っていないということですか？」

医師は即答を避けた。

「教えてください。彼の病状は有罪判決を受けたときと変わっていないのですか？」

フールバルゲは眼鏡のレンズを念入りに確認し、満足したのか、また眼鏡をかけた。

「そうですね、ほぼ同じくらい病気か、ほぼ同じくらい健康か、見方によってはまったくちがってきますが。非常に頭が冴えていて、あなたや私より健康的に見えるときもある。ここだけの話だが、問題なのはそれがすべて演技かもしれないということなんです。実際、ラスクはいわゆる〝もうひとりの自分〟を長期にわたって抑え込むことに長けている。しかもそのあいだもごく普通に、社会的に違和感なく振る舞うことができる。なにより彼は非常に頭がいい。ただ、悪魔というのは表面のすぐ下にひそんでいるものです、残念ながら。人の内面をとらえようとする科学は、決して正確ではないのですよ、バーグマンさん。人の内面はきわめて複雑な迷路のように入り組んでいる。ラスクの頭の中は、クノッソスの迷宮そっくりだと言っても過言ではない。そこから抜け出すことができるかどうか、それは誰にもわからない。言っている意味がわかりますか？」

バーグマンはただ眉をひそめた。

「この種の狂気は、一度そこまで迷い込んでしまうと、二度と抜け出すことができません」

「それはつまり、たとえすべての容疑に関して無罪になったとしても、彼は二度と解放されることはないということですか？」

フールバルゲは深刻そうな顔でしばらくバーグマンを見詰めた。が、やがて微笑んで言った。

「ここでの決定権が私にあるうちはそうです。しかし、それにも限界がある。もしすべての殺人について無罪になれば、ここに入院させておくのはむずかしいでしょう。無理かもしれない。実は、私は近々引退するんです。そうなったら、私の後任者は私とはまた異なる診断をくだすかもしれない」

看護師が戻ってきた。

「準備はできたかな？」とフールバルゲは訊いた。

看護師は黙ってうなずいた。

バーグマンは立ち上がった。

「あなたは来ないのですか？」

フールバルゲは首を振り、半ばあきらめたような笑みを浮かべて言った。

「私が行くと、彼は挑発していると受け止めかねない。まあ、私は彼のお気に入りではないのでね。その反対に、きっとあなたは気に入られると思います」

「ほう？」

「彼は昨日めったにないほどうきうきしていました。ひょっとしたら、これが大きなチャンスだと思っているのかもしれない。ほんとうのところはわからないけれど」

廊下に出るドアのところでバーグマンは立ち止まった。

「もしほんとうに殺していたとしたら？　かなり長い時間、彼は正気を装うことができるとおっしゃっていませんでしたか？」

「法廷に立つたびに冷静さを保つことができたとして、以前と変わらず証拠も不充分なら、すべての殺人について無罪になるでしょう。一方、あなたが言うように彼がもしほんとうに殺していたのだとしたら、解放されたら当然また殺すでしょう。それはきっと時間の問題でしょう」

バーグマンは鼻から深く息を吐いた。フールバルゲは見かけよりはるかに深く絶望しているのではないか。今の彼の声音からバーグマンはそう思った。

「でも、心配はご無用」とフールバルゲは言った。「アンデシュ・ラスクは死ぬまでここの塀の中にいますよ」

だといいのだが、とバーグマンは内心思った。

「あなたはどう思われますか？　彼がやったと思いますか？」

「幸いなことに、それを決めるのは私の仕事ではない」

バーグマンはフールバルゲと握手を交わして言った。

「おっしゃるとおり。それはわれわれの仕事です」

医師は静かにどこか少年っぽく笑った。

「話せてよかった。何か進展があれば教えてください。今日はこれから会議が詰まってるんだが、バーグマンさん、明日にでも電話していただけますか？」

フールバルゲは奇妙な姿勢で立っており、人差し指を立てた右腕を上げているその姿は、何か言いたいことが舌先まで出かかっているのに思い出せない、高齢の校長先生のようだった。

「ほかに何か私が知っておいたほうがいいことはありませんか？」とバーグマンは訊いた。

フールバルゲは右腕を下げ、首を振った。

35

バーグマンは看護師のあとについて両開きのドアのある通路を通った。逃走の可能性についての考えは頭から完全に消えた。一階の廊下の途中に、鍵のかかった鋼鉄製の扉で仕切られた区間が二個所あった。そのいずれも、まずはアクセスカードと暗証番号、その次に鍵が必要だった。看護師はトランシーヴァーを持ち、ベルトにはポケットベルと小型の革製バッグが取り付けられていた。バッグの中には拘束用のストラップがはいっているのだろう。

廊下の突きあたりで、ふたりの看護師に付き添われた患者とすれちがった。その患者と眼が合った。バーグマンは両腕と髪の生えぎわに鳥肌が立ったのを感じた。患者の激しく揺れ動く視線にどこか妙に見覚えがあるような気がした。

奥の窓には洒落たモダンな格子がはまっていた。バーグマンはその金属製の格子を握り、いっときミョーサ湖の景色を鑑賞しようと思った。しかし、脳裏をよぎるいくつかの映像に邪魔された。この廊下によく似た床の上に胎児のような姿勢でうずくまって横たわる男。まるで傷ついた動物のように泣きわめいている。医療用の白いサンダルが鳴る音、床に転がるカップの音。バーグマンはたったひとりで……まわりから見捨てられている……

振り返って、患者とふたりの看護師を見た。彼らは廊下を少し進んだところで立ち止まっていた。患者は何かが気になるのか、緑のリノリウムの床に立って体を前後に揺らしていた。

ありえない。混乱状態の患者を見ながらバーグマンは思った。どこかの病室からくぐもった叫び声が聞こえた。

彼は眼を閉じた。

映像がより鮮明になった。

知らない外国のことばの断片、床に落ちるカップの音――そこですべて思い出した。カップに描かれていた模様、床にこぼれて彼の太腿(ふともも)にも飛び散ったコーヒー、そして彼の母の落ち着いた方言、北部の訛り――努力してもどうしても抜けきらず、ほんとうに怒ったときには、いつも出てきたその訛り。ここに似た床、ここに似た廊下に横たわっていた男。

バーグマンが眼を開けたときには、患者もふたりの看護師もいなくなっていた。病棟の次の区画につながるドアを通っていったのだろう。

「このまま行っても大丈夫ですか？」案内してくれていた看護師が言った。二階にあがる階段の踊り場で立ち止まり、何か問いたげな表情でバーグマンを見ていた。

バーグマンはうなずいた。

「彼は隔離されてはいないということですね？」

「ええ、アンデシュの病室は二階にあります」と看護師は言った。

一階から大きな悲鳴が聞こえた。続いてドアの開く音。悲鳴は階段を駆けのぼり、煉瓦の壁にこだました。

看護師の持っていたトランシーヴァーから擦過音が聞こえ、ベルトに取り付けられたポケットベルが鳴った。看護師は二階の入口のドアの暗証番号の入力を途中でやめ、慌てて階段を降りていった。

「すぐ戻ります」姿が見えなくなる直前、看護師は野獣のような悲鳴に掻き消されないよう大声でバーグマンにそう言った。

その悲鳴は、バーグマンの残りわずかなエネルギーをすべて奪い取ろうとしていた。誰かに頬を撫でられた記憶があった。やさしく温かい手。女の手？　それとも男？　覚えていなかった。ただ、そのときのことばだけは覚えている。〝大丈夫、何も心配ない。大丈夫〟。

バーグマンは一階まで戻り、窓のところまで行った。そして、また鉄格子を握り、なだらかにくだる雪原をたどってミョーサ湖に視線を這わせた。

疑問は明確だった。ひょっとして、おれは以前ここに来たことがあるのか？

（下巻へ続く）

地獄が口を開けている　上

Helvete Åpent

2023年10月9日　初版第一刷発行

著者 ……………………ガード・スヴェン
翻訳 ……………………田口俊樹（たぐちとしき）
校正 ……………………山本順子（やまもとじゅんこ）
デザイン ………………坂野公一（さかのこういち）（welle design）
本文組版 ………………岩田伸昭（いわたのぶあき）

発行人 …………………後藤明信
発行所 …………………株式会社 竹書房
〒102-0075
東京都千代田区三番町8-1
三番町東急ビル６F
email：info@takeshobo.co.jp
http://www.takeshobo.co.jp
印刷・製本 ……………中央精版印刷株式会社